O VELHO CHICO

Dirce de Assis Cavalcanti

O VELHO CHICO

OU A VIDA É AMÁVEL

Ateliê Editorial

Copyright © 1998 by Dirce de Assis Cavalcanti

ISBN – 85-85851-57-0

Editor: Plinio Martins Filho
Editor-assistente: Ricardo Campos Assis

Direitos reservados à
ATELIÊ EDITORIAL
Rua Manoel Pereira Leite, 15
06700-000 – Granja Viana – Cotia
São Paulo – SP – Brasil
Telefax: 7922-9666
1998

PREFÁCIO
José Mindlin

Este prefácio não foi pedido, nem seria necessário. Fui eu quem pediu licença à minha grande amiga Dirce de Assis Cavalcanti para dizer algumas palavras, sobre o livro e sobre ela.

Li *O Velho Chico* há muitos anos, ainda em original, e fiquei insistindo com a autora (que o mantinha na gaveta, por pudor ou modéstia) para que fosse publicado. Porque eu o achava de um interesse especial, que ia muito além do que poderia ser o relato de uma excursão pelo rio São Francisco, mesmo sendo um relato factual, mas cheio de poesia. Não sei se o livro foi todo escrito durante o percurso, ou se apenas a narrativa seguiu o ritmo do dia a dia; e uma parte Dirce escreveu depois, com lembranças do que viu e sentiu. Mas seja como for, o texto pronto comporta duas viagens – uma externa, com detalhes do que viu, e uma interior, com um fascinante conjunto de pensamentos e emoções. Não imagino que o livro seja, nessa parte, uma autobiografia, mas creio que alguma coisa fez ou faz parte de sua vida, e acho que a franqueza, e diria até a coragem, com que ela expõe o que lhe passa pela cabeça (não importa se sonho ou realidade) é simplesmente admirável.

Um livro anterior de Dirce Cavalcanti – *O Pai* – já tinha essa característica, de franqueza e coragem, relatando, sob forma de romance, uma dolorosa experiência pessoal, que marcou sua vida.

Pessoa sensível, com a arte permeando toda essa vida – através da pintura e escultura, da literatura e dos contatos humanos que lhe fez ter muitos amigos, – o destino lhe reservou não só alegrias mas também sofrimentos. Mas Dirce soube enfrentá-los com admirável firmeza de ânimo, e sempre soube preservar a sua personalidade, cheia de encanto e simpatia, e seu gosto de viver, pois, apesar dos dramas que a acompanharam durante sua existência, das ansiedades que o texto revela ou permite supor, Dirce não hesita em dizer que "a vida é amável"!

O Velho Chico já seria uma leitura atraente, mesmo que se limitasse à descrição dos lugares que visitou, da vida insípida e monótona, isolada do mundo, das populações que encontrou no interior da Bahia. Mas foi além, pois soube fazer ressaltar o interesse humano do variado tipo de pessoas e vidas com que teve contato. Tudo isso, no entanto, como disse de início, constituiu apenas uma parte do livro – a viagem exterior. Houve, porém, outra viagem, paralela, que Dirce conseguiu entremear com a primeira – uma viagem interior, que surpreende e impressiona, e que mantém sempre aceso o interesse do leitor.

O VELHO CHICO

De Brasília a Pirapora, cinco horas de automóvel. Em agosto de 1975. Era a seca, o poeirão, o sol, como se a chuva tivesse definitivamente fugido da terra.

Carro novo, estrada nova. Brilhando aqui e ali, parecia molhada, forrada com tapetes úmidos. A estrada. Quem por ela vai, nunca volta o mesmo.

A estrada e o rio. Uma caindo no outro de repente. Nos braços do outro. De repente: o rio. Sem se anunciar. Nem barrento, como diziam. Vestido de azul, à espera. Apressado e cantador. Por entre as pedras, corredeiro. Mesmo assim à espera. Saberia ele do futuro de suas andanças? Nem nós. Tanta surpresa recolhida. No caminho, tantas pedras. Pelo rio.

A cidade fica enfeitada à beira d'água. Faceira se espelha. Um brinco, Pirapora. No hotel, árvores imensas no jardim. Anciãs. E imensas baratas no banheiro. Em Pirapora, o banheiro, embora limpo, cheirava a muito uso. E tinha um degrau sob a porta, onde faltava a última tábua. Acesso livre às baratas. Gigantescas. Bem alimentadas. Superdesenvolvidas. Adubadas.

Em Pirapora encontrei Dona Ethel e seu marido. A senhora por aqui? Pois é, que surpresa. Vou para Belo Horizonte. Eu, não. Vou pelo São Francisco. Pelo São Francisco. Pelos seus mil e setecentos quilômetros navegáveis. Francisco, o rio, como o santo, pobrezinho. De amenos verdores pelas margens só no começo. Quando as baratas e as árvores são enormes. Desmesuradas. Depois, em tudo, a economia mais irreduzível.

No meio da pracinha da cidade, movimentada, ingênua, reina uma estátua feia, como só estátua do interior sabe ser tão feia. Gente e barulho por toda a parte. Vozes estridentes, latidos de cães, motocicletas. Faz calor. Pela janela aberta os ruídos estalam, aumentados, quarto adentro. Não se consegue dormir em Pirapora. E, às vezes, com a brisa, passa suave o cheiro do banheiro.

• • •

Essa tarde fomos visitar o Davi Miranda. Faz carrancas de fácil inspiração. Carrancas e talhas egípcias, com um deus-sol que não é dele, mas acha bonito. É seu presente de casamento para os amigos mais especiais. Talhas egípcias. Suas obras-primas. A primeira que fez está pendurada na parede, com a dedicatória: "para Judite minha esposa". Davi nos diz que em madeira faz de tudo.

Além dos trabalhos na madeira, Davi desenha e pinta quadros. Perguntamos se ele conhecia o famoso carranqueiro Guarany, que vive em Santa Maria das Vitórias. O Davi fala nele com respeito, diz que gostaria muito de conhecê-lo pessoalmente. E acrescenta: "Não sei se ele vai gostar do Davi também".

Em casa de Davi tem TV, geladeira e a esposa, Judite. Bíblica e de minissaia. O Davi, como ele próprio se chama quando se refere à sua pessoa, é moreno e pernóstico. Artista consciente de que é artista. E artista é assim mesmo. Metido a besta. Vai expor em Divinópolis as vinte carrancas que está fazendo. Horrendas. Chamar a atenção é a serventia dessa feiúra. Para assustar os males e os pesares. Para espantar as gentes. Para comerciar com os maus espíritos, que delas têm medo. E os bons, então.

As carrancas são de pau de pequizeiro. Do pequi se faz licor também. Uma folhinha açucarada, como se coberta de gelo ralado, bóia no líquido amarelo. Igual à garrafa de meu pai, presente que tinha ganho. Licor de pequi. Macio para o gole. Faz tempo. Eu era menina e meu pai tinha uma garrafa com um líquido amarelo e uma folhinha dentro, recoberta de açúcar que parecia penugem de gelo e era licor de pequi. Dizem que a fruta é só feita de cheiro e amarelo.

O Davi conta que muitas das carrancas vendidas pelo rio são esculpidas na madeira lavada da quilha dos velhos barcos, que não navegam mais. Outras são mergulhadas na tabatinga, o barro branco que as torna envelhecidas. Passam dias enterradas nessa lama. Artifícios que as fazem parecer mais antigas do que são. E por isso custam mais caro. As do Davi, não. As dele são mesmo de pau de pequizeiro. Macio para o entalhe.

Além de carranqueiro, Davi foi vereador em Pirapora. Faz tempo tocava saxofone na Ideal Orquestra. Agora toca, aos sábados, com seus amigos sobreviventes. E faz talhas egípcias para os íntimos quando se casam. Eram dezesseis, na orquestra. Alguns morreram. Os vivos tocam aos sábados.

Faz uns dez anos que a Ideal Orquestra acabou. O Davi diz que era a melhor orquestra de Minas Gerais. Que a turma de Montes Claros, cidade próxima de Pirapora, era gente muito boa. "Nós tocava tudo na pinta. Tocava e toca. Eu sei que a gente agradava o pessoal. Até música nossa orquestrada nós temos."

Davi tem três filhos. Duas filhas e um filho, Dario. Que toca saxofone aos sábados e faz carrancas. Artista, como o pai. Artista é assim mesmo. Pernóstico. Mas o filho não. Davi tem orgulho do filho, tal pai, tal filho. O filho de Davi devia ser Salomão. Mas é Dario. Outro erro histórico. Aos sábados pai e filho tocam saxofone com os sobreviventes da Ideal Orquestra enquanto Judite, de minissaia, espia.

Nada mais brasileiro: geladeira, TV, carrancas de encomenda, saxofone tocando *blues*, talhas egípcias com um deus-sol para os dias de casamento.

...

Das pedras do Chapadão da Zagaia, na Serra da Canastra, é que o rio vem. É onde ele nasce. Vinte quilômetros adiante se atira, num grande salto de noventa metros de altura, e cai formando a bela cachoeira de Casca Danta. Cavam dois mil e seiscentos quilômetros suas águas nem sempre mansas. Até Pirapora não permite que se navegue nele. Aí se acalma, domado, e se alarga. E aí começa a nossa viagem. Às nove horas da manhã, pontualmente.

O barco se afasta da margem, devagar. Com algazarra dentro e fora. Nossas malas estão nos camarotes. Além de nós embarcaram uns poucos turistas estrangeiros. E tantos outros passageiros invisíveis que entraram e desapareceram na parte inferior do vapor. No bojo do barco vão os mais pobres, com suas redes e bagagens magras. Nós temos camarotes no convés, no alto do tombadilho mais alto. Com banheiro privativo. Cadeiras preguiçosas. Garçons de luvas brancas vão nos servir as refeições. Em pleno São Francisco.

Três longos apitos anunciam a despedida. Como os outros, que não víamos, abanamos adeuses para os que ficavam. Ouvíamos suas vozes gritando recados de última hora. E as respostas incompreensíveis embaralhadas umas nas outras.

O cais foi diminuindo e as pessoas, distanciando-se, se apequenando, figurinhas moventes que se dispersavam de volta às suas rotinas.

O gaiola é um barco igual aos do Mississippi. Esse onde viajamos se chama Benjamim Guimarães. Com o Venceslau Braz e o São Francisco são três os gaiolas que trafegam pelo rio. Uma grande roda de pás na popa movimenta o barco. Longo de quarenta e quatro metros, com oito de boca, se reparte em três tombadilhos. No de cima estão as cabines do comandante, do piloto, do comissário e os nossos camarotes. Um grande espaço, como um terraço, acolhe muitas cadeiras dispostas em U. Onde se pode tomar sol. Na parte de baixo ficam a caldeira, o lugar para depositar a lenha que a alimenta, a carga, e o espaço maior, central, em que se entrecruzam as redes dos viajantes mais pobres. Aí também ficam os camarotes do contramestre e dos maquinistas, a casa das máquinas e a cozinha.

Os tripulantes são velhos e gastos como o barco, como o rio. Velhos, pretos de sol, ou de nascença. O sol lhes escurece a pele enquanto lhes clareia a roupa.

O barco vai seguindo macio, sem esforço. Até um momento em que, raso, transparente, largo, o rio roça seu fundo no fundo do barco. Se acariciam. Se esfregam. Depois copulam, aos trancos, feito cachorros. Levam tempo para se soltarem. Horas. É preciso que a força dos homens, mesmo velha e gasta, se empenhe em separá-los. Com os varejões apoiados no peito e a outra ponta fincada no leito do rio, insistentes, obrigam o barco a despegar-se. Dai-me uma alavanca e um ponto de apoio e deslocarei o mundo. Aquele barco é um mundo. Aquele rio é um mundo. Às margens do mundo, marginalizado.

O rio é também a mãe que tudo provê. A água, o peixe, o caminho. Dele se bebe, dele se come, nele se banha, nele se navega. Ele nos transporta, ele nos embala.

Depois de algum tempo de viagem o barco pára, num vilarejo. São Romão. Descemos para conhecer. Penúria só. À porta de sua casa uma mulher tece uma rede de náilon amarela. Espera o nono filho. Tece redes e filhos sem cessar. O Brasil vai precisar de oitocentas mil toneladas de pescado a mais, para suprir suas necessidades. É o que diz o rádio. O São Francisco anda parco de peixes nessa época. Oitocentas mil toneladas de peixes a mais este ano. A rede da mulher está vazia. Ela tece para um dos filhos ir pescar no rio. Mas não vejo os peixes. Nos vinte e dois dias de viagem nem um peixe foi pescado.

O barco desliza. À margem direita outra cidade agoniza ao sol. Tudo cai aos pedaços, casas e gente. Mesmo as crianças são precocemente envelhecidas, encarquilhadas. Terrosas. Cinzentas. Colorida só a rapacidade dos ciganos. Acampam com seus panos embandeirados bem perto do porto.

Outra vez quando o barco pára, descemos. A cidadezinha é São Francisco. As ciganas acorrem logo. Vêm ler mãos crédulas. Inventam surpresas nas linhas e nas entrelinhas das nossas mãos. Prometem filhos e viagens. Maridos para quem já os tem. Enfim, nunca são demais. Maridos e viagens. Ai, filhos, não. Não quero mais.

...

Tá bem, mãe. Então te cuida, mãe. Vou comprar os jornais pra ver os classificados. Num instante você encontra emprego lá. Tem umas agências que você procura, deixa o nome e o que você sabe fazer, depois te chamam quando precisam. Datilógrafas, intérpretes, o que for. Com o seu currículo não vai ter problema.

Primeiro o peso de ser filha. Depois o peso descomunal de ser mãe. Mãe de seus filhos. Mãe dos filhos dos outros. Mãe de sua mãe. Há gente que nasce assim, maternal. Mãe terra. Muleta. Mula. Ventre universal. Universal parideira da universal miséria.

Como é que você vai me dar o que já é meu? Cigana safada. Levou meu dinheiro todo. Velha, mais velha que o rio. Mais encarquilhada, mais rugosa, mais carcomida, mais acabada do que a margem do rio. Cigana velha com uma trança minguada de menina. Descolor. Índia de Cuzco ou cigana grega. Os mesmos olhos videntes, a mesma boca sem dentes contando mentiras. Adivinhando nada. Cigana safada. Igual, eu vi em Esparta, me ameaçando com a mão em riste. Agora, com a língua vermelha soprando na boca, me diz que eu vou casar e ter filhos. Boca de serpente. Diz que vou viajar muito. Como se eu não soubesse das minhas viagens.

...

No quarto do hotel duas camas azuis. E flores e frutas coloridas. O céu lá fora, cinzento. Talheres brilhantes e alvos guardanapos. Vinho da cor escura do sangue. Para comemorar o casamento. Só o dia era cinzento. Lembranças e desejos de tantos hotéis passados e futuros. De tantas viagens. Felizes e infelizes. Sem deus-sol meus casamentos.

Podia ter sido em Londres. Ou em Copenhague. Em Nova Iorque ou em Zurique. Ou no Hotel Crillon, décimo andar. Lima cinzenta lá embaixo. Raros azuis adivinhados para além das nuvens. Para além das casas, um ou outro pico de montanha. Torres de igrejas e os telhados negligenciados se materializando sob os meus olhos, surpreendentemente cheios de flores. Gerânios gritando, vermelhos, por toda parte.

Quando entrei no quarto sozinha, a esperar que me trouxessem as malas, o rádio tocava uma música vulgar. No meu ouvido ressoou uma frase da voz pastosa do cantor: *el amor te hizo linda*. Ai, ter um amor, fazer-se linda. E estar só. *El amor te hizo linda*. Cigana safada, isso não me contou, que o amor embeleza. Como enfeitiça. Que fica linda a mulher que tem um amor. Cigana horrenda. Bruxa velha. Maravilhosa. De pele estilhaçada pelas mil rugas que só a terra seca, para lá da margem do São Francisco, tem. Dizendo coisas para eu não mais ouvir. Com a língua sibilina alvoroçando o que não ouso. Tirei fotografia dela. A maldição da cigana fez com que eu tivesse esquecido de pôr filme na máquina. Sua cara ficou minuciosamente ampliada apenas no olho da memória.

O serviço informativo da Rádio Central dizia que Franco vive ainda, em prolongada agonia. Terremoto no México. Stromboli outra vez em erupção. Os carros buzinaram insistentemente lá embaixo. Fui à janela espiar: um cachorro no meio da rua impedia o tráfego. O bicho lá, meio agachado, com as orelhas para trás, acabava seu servicinho, à revelia da pressa dos ocupantes dos automóveis.

Estranha essa cidade, tão igual a tantas outras. Podia ser na fronteira dos Estados Unidos com o México. Podia ser no Irã. Meio desolada. Apesar da ansiedade com que as flores se derramam pelos telhados, é desolação o que a cidade instila, assim dessa distância, do alto dessa janela. Na cobertura de uma casa dois meninos brincam de atirar pedras num gato preto.

Quando tomei o elevador, ao subir, um americano, traindo sua solidão de congressista, político ou economista, moderno caixeiro-viajante, vendo-me entrar, obviamente não peruana, diz "*Hello! How are you?*", com voz insinuante e olhar de cobiça. Pobres homens solitários, não sabem estar sozinhos. Um quarto de hotel onde uma cama azul está disponível os faz excitavelmente solteiros.

Se esquecer a chave, jogue-a em qualquer caixa de correio.

• • •

Éramos quatro para a viagem. Éramos muitos mais. Todos os que fôramos vida afora, com tudo o que vivêramos antes: ansiedades, desejos, desgostos, dores, agonias. Alegrias. E mais os quatro que chegávamos. Solitários. Solteiros. Virgens naquele embarque.

Tomamos o barco, cada qual tão novo, dando adeus aos que ficavam. Quem parte leva saudades de alguém. Os que partem jamais voltam os mesmos. Em cada despedida há algo de definitivo, de irrecuperável. Mas não nos apercebemos disso, ocupados com a viagem, que é sempre alvoroço, novidade.

Íamos descendo o rio. O rio todo brasileiro. Águas abaixo, íamos, cabeça abaixo, como dizem os homens do rio. O barco se esgueirando por entre as coroas de areia branca. Às vezes rosada. Fugindo delas. Escapando de seus abraços de sereias, seguiu sereno até Januária. Aí pousou sua âncora de trezentos quilos.

A gente da terra vem espiar a manobra. Vem ver quem desce, quem embarca. Vamos demorar um pouco em Januária, para descarregar e carregar mercadorias. Couros, fumo, peles, cera de carnaúba, resina, algodão, madeira. E lenha para alimentar as máquinas. Nós, do barco, aproveitamos para xeretar também a terra que não conhecemos ainda.

Januária é atraente. Tem cheiro de erva no ar. Combinações inadvertidas de cores pelas casas, pelas ruas. Todos os azuis, os verdes, os vermelhos, os amarelos, sabiamente pintados nas fachadas, nas portas e nas janelas. Às vezes um cinza ou um marrom surpreendentes. E alaranjados. E roxos. De invenção. Há simplicidade nas casas e nas pessoas coloridas. Nas moças à janela. Nos meninos brincando na rua. Desviam o olhar encabulado ante o nosso olhar indiscreto. Tudo limpo e honesto. Sem a barafunda dos ciganos. Jeito de confiança na cidade.

No mercado municipal, humilde, mas farto como nenhum outro, talvez, em toda a margem do rio até chegar à Barra, se expõe uma variedade de produtos. Pimenta, cuminho, batata-porra, boa pra vermes. Coisas de palha, cestinhas, esteiras. Cordas, cadeiras de couro, gaiolas de buriti. Obras de arte, como os alçapões de cana-brava. Tudo se mistura. Cabeças de vaca, descarnadas. E a carne, enrolada em trouxas de sebo. Enfiadas como contas, as cabeças e as bolas de sebo, alternadamente, ficam suspensas em varas pendentes do teto ou apoiadas no chão. Igualzinho como vi fazerem com os carneiros em Argel. A vaca fica olhando com olhos de peixe morto. Sem pálpebras. O olhar parado, na cabeça descascada como uma fruta. O mosquedo por cima, passeando pelos olhos dela. E nem piscavam.

Januária tem muitas farmácias, vendas e armazéns. Vários barbeiros. Botequins, onde se vende a boa cachaça de Januária, com a figura da sereia famosa no rótulo. A sereia da primeira barca com carranca.

O couro dos bois é curtido ao sol pelos quintais. Como se o boi, depois de esfolado vivo, seguindo antiga modalidade de tortura, tivesse sido empalado por muitos bambus. As armações parecem pesadas pandorgas erguidas no chão. Tentam soltar-se com o vento. Exalam um cheiro peculiar. Cheiro de sangue. Agridoce. A gente sente de longe nas ventas, sem saber bem do que é, de onde vem. Quando o vento brinca de sacudir as pandorgas de couro, carrega o cheiro para onde ele vai.

Desse couro precioso é que o sertanejo faz tudo: as roupas para andar no mato, os chapéus, as alpercatas. Suas bruacas, malas, mochilas. Cordas, surrões, bainhas de faca. Macas e camas rústicas. De um tudo ele inventa com esse couro.

Caminhando pela cidade dava para bisbilhotar, pelas janelas abertas, no dentro das casas. Via-se o esmero dos paninhos de crochê sobre as mesas. Nas salas de frente, as máquinas de costura. Como as bicicletas, ou as geladeiras, dão *status*. São colocadas no cômodo principal, para serem notadas por quem passa. Orgulho de sua feliz possuidora. Muitas flores de plástico. Ou de papel crepom, feitas em casa. Grandes. Fincadas nos jarros também de plástico ou de louça barata. Uma boneca de massa, laço de fita na cabeça e sorriso dengoso, segurava de lado a saia cor-de-rosa, em cima de um rádio de 1940. Tão *kitsch* tudo. Januária não sabe que é *kitsch*.

A casa de Joana e Etelvina é tão pequena e a porta tão baixa que a gente tem de se curvar para entrar. Pendurada ao lado da entrada está uma gaiola de buriti. Muito engenhosa. E o alçapão de cana-brava. Um passarinho canta dentro da gaiola. Outro, fora, espia o alçapão, responde e voa.

No forno de barro Joana e Etelvina torram farinha. O pilão de pau foi esculpido por elas mesmas, feito de um toco grosso. Nele socam o tempero que cresce suspenso, para as galinhas não bicarem. Um velho barco aposentado recebe quatro pernas de pau e se transforma em canteiro babilônico.

É poético o barco-jardim ancorado no meio do terreiro. O casco, tornado áspero sulcado pelos dedos de tantas águas, revive, nas rugas agora alisadas pela brisa, as memórias sabe deus de quantas viagens. Se navegar não é mais possível, o encalhe definitivo, verde e florido, não o humilha. Erguido nas quatro pernas de pau que lhe impuseram, embora cheio de terra, canteiro e horta improvisados, flutua ainda, no ar suspenso. Do oco que foi, boiando na água, não perdeu a leveza. Só o balanço.

Cheiro-verde, salsa, cebolinha, os temperos todos brotam, tenros e aromáticos, do seu bojo. O louro para o feijão, ou para o chá, bom para enxaqueca. A erva-doce, para cólica de menino. E rosinhas miúdas coroam-no, entremeadas nas margaridas, caipiras.

No interior da casa, o chão de barro alisado parece mais um soalho bem encerado. O teto de sapé começa na altura máxima que o braço alcançou para erguer as paredes. Feitas a sopapo, de barro amassado com excremento de gado. A luz de fora penetra por suas frestas e risca o chão. Frente à janela da sala, bem à vista de quem passa, está a máquina de costura. Quando Joana, o pé no estribo, sai em cavalgada, a agulha galopa atrás dos dedos dela, no rastro das bainhas. A máquina merece o vaso com as flores, galhardões desbotados de papel crepom.

À falta de emoldurados diplomas, numa sacola de crochê, pendurada na parede, estão os cadernos do Mobral. Cinco anos de inútil aprendizado. Para aprender a ler aos cinqüenta, cinco anos é pouco para clarear a escuridão. Resta o estandarte no prego mais alto, atestado da luta. Relíquia.

Mesmo se a cabeça esquece o nome que a mão aprendeu a escrever, não faz mal. É de pouco uso. Vai assinar o quê? O nome anda na boca de toda gente. Toda gente sabe. Joana, Etelvina. Vivem mesmo é do que a terra lhes ensinou. Do que plantam, do que criam, do que nascem ensinados.

Tô fraca, tô fraca, queixa-se a galinha-d'angola, enquanto as outras ciscam satisfeitas, estrelando a terra com as três pontas de seus pés.

A miséria na roça parece mais natural, menos miserável. Há a fartura dos porcos, das galinhas. Não pedem licença para se reproduzirem pelo quintal. Engordam com qualquer coisa. E há sempre o canto de um passarinho na gaiola. E o dos outros, lá fora.

• • •

As cidades preguiçosas do São Francisco são irmãs nas ruas empoeiradas, onde vagueiam porcos, cachorros e, vez por outra, um gato. Toda a água que se usa vem do rio. Meninos descalços guiam os jumentos, carregados com os barris no lombo, para o abastecimento das casas mais ricas. Os pobres carregam sua própria água. Na cabeça, as mulheres equilibram, com certa elegância, latas de querosene cheias da água do rio. É no rio que lavam as roupas. Com as saias presas entre os joelhos, para não mostrarem as pernas. Os meninos pequenos estão sempre em roda das mães. Os garotos nus, as meninas com uma calcinha. Muitos empinando barrigas enfunadas pelos vermes. Os pescadores vão cedo para a pesca. Voltam antes do meio-dia para vender o peixe. Vender seu peixe. O resto do dia é consertar as redes, conversar, contar fatos acontecidos ou imaginados. As ruas nem sempre têm nome. Quando os têm, ninguém os usa, por inúteis. Todos se conhecem e conhecem as casas uns dos outros.

Durante a semana as cidades vivem para dentro das casas, das lojas, dos quintais. Pouca gente pelas ruas. Os barcos, amarrados ao cais, gingam na água. Uma ou outra bicicleta se encosta a uma parede. Depois do almoço, na hora da sesta, é como se a modorra amortalhasse a todos. Só no final da tarde é que se juntam grupos de moradores pelas calçadas. As cadeiras são colocadas fazendo roda frente às portas. E na praça, à sombra da igreja, as moças passeiam de braços dados, às risadinhas, esperando ver os namorados.

Os rapazes ficam parados observando-as. Ou caminham lentamente em direção oposta.

Nos fins de semana, dias de feira, é que as cidades se animam. O mercado se entulha de produtos que as pessoas trazem em burricos e canoas. Um alto-falante grita, de um poste, músicas dedicadas a pessoas que estão na praça.

As casas das cidades do interior são de arquitetura muito simples. Enfileiram-se em ruas ou circundam as praças, apoiadas umas nas outras. Porta e janela, freqüentemente únicas, dão diretamente sobre a calçada, ou à falta desta, sobre a rua. Percebe-se, mesmo nos mais distantes vilarejos, sobretudo no sertão da Bahia, o esmero em dar à casa um aspecto singular. Apesar da pobreza dos recursos, detalhes pessoais marcam as fachadas. Imaginativos riscados, como os de uma intuitiva *art déco*, as enfeitam e identificam. Variam a geometria dos desenhos, o recorte das platibandas e a mistura, sempre inusitada, das cores. O que lhes confere encanto e individualidade.

Nos lugares mais distantes, a vida pode ser muito isolada e primitiva. Sem luz elétrica. Poucas vendas, ou nenhuma. Uma casa de farinha. Uma moenda. Nos domingos, lavradores vêm comerciar algumas frutas ou vegetais às portas das casas, ou em algum ponto eleito para uma feira de trocas.

As mulheres cuidam dos filhos. Transportam água. Ajudam seus homens nas tarefas e às vezes se curvam sobre as almofadas para fazer renda de bilro. Os homens plantam pequenas roças. Fazem e remendam as redes com que pescam. À noite, em volta de uma fogueira para espantar os mosquitos, sentados em banquinhos ou esteiras, ouvem as histórias que cada um tem para contar.

...

Isto não é amor de pai. Este homem está doente.

O ciúme de minha mãe falando com raiva. Meu pai me adorava. Tem sempre uma que o pai prefere. Desde os gregos. E cada filha disputa este amor de predileção. Não há como mudar a face do mundo.

Schweitzer na África tocava Bach para os leprosos. Foi em casa de Luiz Felipe que eu o ouvi pela primeira vez. Schweitzer tocando órgão para os leprosos. O *Prelúdio de Sant'Ana*. E achei lindo. Era impressionante. Talvez nem fosse assim tão bom intérprete.

Ana era um nome proibido lá em casa. Na minha casa de menina. Tinha sido a primeira mulher do meu pai. Ai, as coisas que a gente nem imagina acontecerão. Os leprosos e Schweitzer, na sua cabana, ouvindo Bach. Na África.

Tia Lydinha fumava um cigarrinho de vez em quando. Chupava mais que fumava. Queria ser moderna aos oitenta anos. Foi sempre menina, tia Lydinha. Era baixinha e risonha. Gostava de Bach e de Mozart. Conhecia coisas que mamãe não conhecia. Não tinha implicâncias com o nome de Ana, a santa do prelúdio. Se mamãe gostasse de música talvez fosse mais feliz. Mas mamãe era surda. Tia Lydinha tinha as pernas inchadas. Não sei por quê. E ouvia bem. Quando papai e mamãe brigavam ela estava sempre lá. Mediadora. Pacificadora. Na nossa casa.

Que é isso, Marieta.

Isso não é amor de pai. Ele está ficando louco. Cheio de ciúme da filha. Não quer que ela namore.

Mamãe cheia de ciúme dele. E da própria filha.

Já estão se abraçando. Já vão viajar?

Não. Era quando nos cruzávamos pela casa que meu pai me abraçava. Eu ainda não começara minhas viagens. Meus maridos. Meus namoros mal começavam. E começavam mal.

O amor que ele me tem. Trinta anos depois nada mudou. E é tudo inteiramente diferente. O amor que ele me tem. O amor que ele me deu. Era tanto e se acabou.

O anel que tu me deste
era vidro e se quebrou.
O amor que tu me tinhas
era pouco e se acabou.

Nós, meninas, cantávamos. Não sabíamos como cantar o *Prelúdio de Sant'Ana*.

Tão longe a infância. Depois, tantas viagens. Tantos namoros. Tantos maridos. Tantos ciúmes. Tanto aprendizado inútil. Tanto esquecimento depois.

Passou demais o tempo enquanto eu esquecia de escrever o acontecido. Uma imensa e devoradora solidão vai-se instalando, como cheia de rio. Não é a falta das pessoas. Mortas ou vivas. Quem me pesa? O quê? A falta de entendê-las. Dá trabalho. E sempre o mesmo frustrante resultado. Melhor estar longe. Melhor afogar no rio a solidão. A solidão é o fim de quem ama.

Acendi o forno para assar uma torta de abacaxi. Receita rápida. Enormes baratas saltaram do fogão apavoradas. Espaventadas com o calor súbito. Parecia o banheiro de Pirapora. Os extremos da digestão atraindo as baratas. Aqui, como em Pirapora ou Ibotirama. Não se avexe não. É assim mesmo. País tropical.

Nêga, essa é para você: a solidão é o fim de quem ama. Que expressão tão vulgar – nêga. Não use não. Admita as vulgaridades. Ou a solidão.

• • •

Lá vai o gaiola descendo o rio com a gente dentro. A cada fim de tarde um cenário novo se apresta para o espetáculo não ensaiado: o pôr-do-sol. Cada dia diferente. Como durante as nossas férias em Hammamet. Em cinqüenta e dois dias nunca o céu repetiu suas cores. E nunca o sol foi o mesmo ao retirar-se.

Havia um café no antigo forte espanhol. O forte plantado à beira-mar. Camarote de teatro. Chegávamos cedo para sentar-nos nas esteiras trançadas, como as do sertão. Queríamos a primeira fila, a que ficava mais debruçada sobre o palco. Lá era o mar, que encontrávamos compondo o pôr-do-sol. No gaiola, o mar era de água doce. Do São Francisco. Incorruptível. Em Hammamet vinham os veranistas, todos os fins de tarde, assistir ao pôr-do-sol. Tacitamente combinados. Tomávamos chá com pinhões e folhas de hortelã, saboreando-o junto com o fim do dia. No gaiola não serviam chá. Mas nos envolvia o mesmo clima teatral, exageradamente colorido, os mesmos tons de laranja, de vermelho incendiado, de roxo, de rosa, numa ensandecida mistura com verdes, azuis, marrons. Copiadas no céu as cores das casas pobres. Claridades e escuridões em violentas pinceladas. No barco, nos sentíamos parte do espetáculo refletido no rio.

Pouco a pouco as margens foram se alterando. A cada dia mais altas. Cresciam com dignidade. Abandonavam o rio lá embaixo e se erguiam envoltas num poeirão. A água ia ficando cada dia mais funda, mais fugidia. Nem a umidade subia às bordas da terra.

E era ao pôr-do-sol que as aves apareciam. Indo ou voltando, para que paragens, bandos e bandos. Garças, araras, patos, papagaios, em grande algazarra, buscando agasalho para a noite. Pernaltas cor-de-rosa paravam em grupos, nas coroas de areia, e pareciam buquês de peônias. Pensei que fossem flamingos, depois soube que não. São os guarás, ou íbis vermelhos. E pelo rio abaixo, pássaros-pretos, tucanos, sanhaços, bem-te-vis. Sem falar nos canários, nos sabiás, nas perdizes, nos periquitos. E no nosso joão-de-barro, com sua casa caprichada, de delicada e sólida engenharia.

• • •

Chegamos a Carinhanha. A cidade fica mais alta, bem acima do nível do rio, mesmo quando o rio está cheio. Mal pude vê-la. A febre não deixou. Um sol forte queimava-me até o céu da boca. O nariz, em chamas. O ar entrava escaldando nos pulmões e saía ainda mais ressecado. Ainda assim os pés ardidos me levaram pela cidade deserta. Como se todos a houvessem abandonado, com medo da minha febre. Só a carranca masculina, de bigodes negros, assuntando lá do alto da fachada de uma casa, viu passar a transeunte solitária. A praça limpa, era como se nunca tivesse sido usada. Voltei para o barco em busca de um pouco de frescor.

Onde o barco pára as pessoas vêm nos ver. Ficam no cais, as silhuetas recortadas contra o céu, envoltas na bruma avermelhada do pó. À contra-luz não se lhes vê as caras. Mas sua postura denuncia tristeza, senão cansaço. Meninos por nascer engordam as saias maternas, mais levantadas na frente. Do barco, um turista atira balas para as crianças na margem. Elas correm e se atropelam para catá-las no chão. Risos e brigas por um punhado de bombons. Mais outro. O turista se diverte com a miséria. Falta-me coragem de impedir que o gesto se repita, embora isso me doa.

Uma mudança inteira entra no barco. Uma família, pai, mãe, muitos filhos. Uma mesa tosca e um colchão, toda a mobília. Se ajuntam aos outros viajantes. Abrem suas redes, umas por cima das outras, atravessadas. Se instalam nos galhos da cerrada floresta de redes penduradas.

Quando descemos para vê-los, no tombadilho mais baixo, deparamos com a cozinha do gaiola. Num arremedo de açougue, as metades dos bois se enfileiram suspensas por ganchos de metal. O interior sangrento à mostra. Pelo chão, sacas de cinqüenta quilos de feijão. De arroz. De batatas. De farinha. Nas prateleiras, geléias. Temperos. Verdadeiros tesouros cerrados entre grades. A cadeado. Uma quantidade de bacias. Panelões. Facões variados. A abundância destinada exclusivamente à primeira classe. A limpeza é para a primeira classe. São os garçons de luvas brancas que nos servem o jantar. Nós, que comemos bem, descemos e nos sentimos desavergonhados espionando os outros, que não comem. Que murchos são os farnéis dos habitantes das redes.

A boca da fornalha, desdentada, vermelha e quente, engole a lenha e cospe fagulhas, solta baforadas, alimenta as entranhas do barco. Há muitas bocas desdentadas e vermelhas, de bafo quente, cheirando à queimada, cheirando à caninha, cheirando à fome, que o barco carrega no seu bojo.

Pergunto-me, por que não assaltam a cozinha daquele barco? Por que não se apossam de toda aquela comida? Apenas olham de olhos compridos. Alguns. Outros evitam mesmo se aproximar daquela fartura indecente. Carne exposta, mais obscena do que a carne desnuda das mulheres de biquíni tomando sol. Nós, os da primeira classe, os "xabuns", a gente à-toa.

Pela água vai o barco. Sem mastros, sem velas, sem remos, engolindo a lenha que vem da terra, com a roda rolando no rio, que nem as misérias do povo. A roda gira e as pás vão cavando o caminho na água. A lenha bota a roda pra rodar, a roda bota o barco pra rolar. E cada um em seu lugar.

A noite é mais escura aqui. Depois do pôr-do-sol derramado pelo rio, sem limites, para além do horizonte mais distante, a escuridão vem vindo e ocupa tudo. Preta, preta.

É tateando que o barco vai se chegando. Com cuidado para não esbarrar nos bancos de areia, que mudam de lugar. Nas pedras do rio raso. O barco e a margem. Vão se roçando, se adivinhando, se apalpando, se conhecendo. Cuidadosos e desconfiados. Vários mundos se encostam tateando. Dentro e fora do barco.

No meio da noite o barco se alimenta na Fazenda Nova. Só o quadrado de uma janela está aceso. Os outros, fechados, dormem. Enquanto os homens carregam a lenha, descemos para conhecer a Dona Maria. Ela faz café cheiroso que nos serve ali mesmo na cozinha. É limpa essa pobreza. As coisas, poucas e polidas, cuidadas com caprichos. Tem eletrola de "pila" a Dona Maria. Para ouvir enquanto toma café, mesmo o servido na cozinha. Tem um fogão a gás de bujão, que não é usado. Provavelmente pela dificuldade em reabastecê-lo de gás. Seja por falta de entrega, nesse fim de mundo, seja por dispendioso para sua bolsa. Por cima do fogão, um pano bordado com linha vermelha diz que o lar é feliz. Os talheres, reduzidos, de metal pobre, presos nas suas alças, estão suspensos em outro pano, também bordado em vermelho. Faqueiro esticado na parede. É escasso o mobiliário. Um banco azul e uma mesa tosca. Num canto, outro fogão, este, de barro. Três bocas abertas numa prancha de ferro. A água para o café é fervida mais rapidamente no fogareiro a querosene, entronizado em cima da tampa do fogão a gás.

Os cachorros latem zangados quando a gente vai chegando. Mas não anunciam a partida. Se despedem com sonolentos acenos de cauda. Dona Maria não sabe que idade eu tenho. Não imagina. Intimidada e curiosa, pergunta: "Ocê, é dona minina ou dona muié?" E eu também me intimido para dar a resposta. E me pergunto a mesma coisa. Faço rapidamente um balanço da minha vida. Ser menina. Ah, ter quinze anos agora. Ir de ônibus para o Rio de Janeiro e descer em Paracatu, para encontrar às escondidas com o namorado. Enganando os pais. No meu tempo era pular a janela e ir namorar no portão, cinco minutinhos só. As coisas mudam. Hoje as meninas tomam pílulas anticoncepcionais. E eu, menina, achava que se engravidava com o primeiro beijo. A meninice continua vida afora. Como se não tivesse sido antes. E quase não foi. Sou mais menina agora. Reimagino o passado, num repente. Quem me garante do que vivi a exata reconstituição? Ninguém. Nem as fotografias.

Por aqui dizem que não se deve tirar retrato de criança que ainda não foi batizada. Porque rouba a alma do anjinho. A alma fica impressa na fotografia, a criança morre e nunca mais acha sua alma. Eu fui batizada aos sete anos. Minha madrinha pôde apenas fingir que me levantava para a pia santa. Até então consegui burlar todos os fotógrafos e guardar a minha alma. Nem morri.

Ou terei morrido, tantas vezes? Iludida eu? Ressuscitada, sem saber, em tantas vidas diferentes?

...

Da própria vida, seja una, seja múltipla, ou da alheia, mesmo assuntando, como saber?

Muitos dos nossos companheiros de viagem são pagadores de promessas. Vão a Bom Jesus em busca de graças. Ou pagar pelas alcançadas. Uma velha e seu filho José conversam. Ela comenta: "Entendo nada da fala delas". Contam que vão pedir ajuda ao Bom Jesus. Cada vez que José e a mulher têm filhos, são gêmeos. Em pouco mais de dois anos nasceram quatro crianças para o casal. A velha diz: "É assim mesmo. Tudo que Deus faz é bom". O filho não parece muito convencido: "Sei não. Eu acredito não desacreditando. Religião é meio de viver". Ao que a velha repreende: "Hoje em dia o indivíduo acredita mais no dinheiro do que em Nosso Senhor. Inté o garoto já nasce perverso".

Ambrosina viaja no barco. Alta, magra, parda. O rosto cortado reto. A carapinha loura do sol como a daqueles que andam por sobre as ondas. Digna como as margens pardas do rio. No tombadilho mais baixo, ela e Gisela conversam. As agruras da vida de cada uma. Gisela lhe fala do Santo. Você sabe a história de São Francisco? Deus é o arqueiro e a gente o arco. Tem três espécies de gente. A que diz: me estique, mas não me arrebente. A outra: me estique, mesmo que me arrebente. E a terceira, a espécie que era a dele, me estique até que eu arrebente. Falam do rio. Do passarinho na gaiola, que não canta, chora. Falam de Deus e dos homens. Da cidade e da roça. Onde Ambrosina mora não tem asfalto. Asfalto é plano do homem. Do homem, parte do plano de Deus. Do Deus dos pássaros e das avencas. Ela ensina.

Ambrosina podia ser nome de fruta, de mato, de doce, de licor. Dos deuses do Olimpo, ambrosia. Perdeu o marido. Os filhos, onze. A saúde e a mocidade. Únicas. Com naturalidade. Sem amarguras, múltiplas ou multiplicadas. O que lhe ficou, uma papeira, o volume maior do seu corpo seco. Vai a Bom Jesus da Lapa, pagar promessa. Para ficar boa da papeira. Para a vida melhorar. Na ilha do Amargoso, onde ela mora.

"Que a vida é amável, dona minina" – Ambrosina é quem nos diz. Humildemente me ensina. Aprendo que a vida é amável. Um lema. Para me repetir depois. À exaustão. Para reconhecer as amabilidades da vida. Para convencer-me de que é preciso amá-la, de que merece isso. Apesar de tudo.

Vou à margem. Pelo rio, com minha timidez, pedindo licença para passar. Tenho medo de ofender a miséria tão digna das pessoas. Mesmo um bom-dia me parece uma invasão entrando pela casa pobre, sem ser chamada. Não o faria por outras paragens. Não entraria sem convite. Falta-me o espírito desassombrado dos repórteres. Ou dos alcoviteiros.

Ou a bisbilhotice da água, rebuscando todos os cantos, se infiltrando, se metendo, empapando tudo.

...

O barco pára em Bom Jesus da Lapa. Saltamos curiosos.

Barraquinhas forradas de chita estampada se acotovelam e se amparam em volta de uma igreja. As chitas de florões delimitam os espaços, mínimos. Coloridíssimos. Trapos e lonas mal presos se dão lambadas ao vento. Aí se vendem artigos de ouro barato, cordões, brincos, anéis, medalhas. Imagens de Nossa Senhora, do Coração de Jesus, de São Jorge, o santo destituído de sua santidade, depois do desaparecimento dos dragões. Pelo meio dos santos, Iemanjá, morena boa e desejável, é reproduzida saindo do mar, com seus espelhos e conchas. Disputa lugar com as virgens entre os pretos velhos. As cores das imagens são indecorosas, psicodélicas. Artigos domésticos, baldes e bacias de plástico, também de colorido berrante, vêm substituir, nas cozinhas caseiras, os potes e as gamelas de barro. Há velas, incensos, ervas. Para tirar mau-olhado, para curar todas as maleitas. Há de tudo nesse mercado improvisado.

Além das barraquinhas, cerram fileiras mais altas os casebres que se sucedem, de cada lado de uma avenida poeirenta, até à igreja. Abrindo alas. Para lá nos dirigimos, desfilando por entre eles, sob o olhar curioso das pessoas.

Absoluta, dominando tudo, sugando tudo, a igreja. Toda poderosa no meio daquela pobreza. Do pátio, para as calçadas arrebentadas, transbordam sucessões de despojos humanos. Aleijados, cegos, estropiados, doentes de todas as doenças, ostentam suas chagas e mazelas como se fossem mercadorias. Disputam esmolas. Cestas exibem pés, mãos, cabeças e tripas de cera. Os pagadores de promessas compram o pedaço de corpo que lhes corresponde, segundo seus males agora curados, para depositar na igreja. Cada qual com a sua dor. Cada qual com a sua mutilação. Com o seu horror.

Nossos votos, ex-votos, quais seriam? Que pedaços de nós deixaríamos com o Bom Jesus? Que pedaços nossos, machucados, doentes, arrancados, penduraríamos no pátio da sua igreja? Cabeças? Corações? Os males que nos afligem, sem cura? Sem cura. Da nossa cera o que queimaríamos na Lapa?

...

Passa uma ambulância aos uivos. Escândalo total. O barulho que faz pelas ruas de Manhattan é alucinante. Dá vontade de gritar também. Mas ninguém ouviria. A sirene abafaria qualquer grito. De dor ou de misericórdia. A ilha toda tem que saber que alguém doente vai naquela ambulância. É a dor americana, alarmante, exagerada, estereofônica.

Em frente ao nosso apartamento, entre a ilha e Queens, no braço do rio Hudson, havia outra ilha. Víamos sempre, da nossa janela, os vultos cinzentos de seus prédios grandes, parecendo vazios. Um dia fomos até lá. Exploradores. Havia um enorme prédio de três andares, um hospital, totalmente abandonado. Através dos vidros quebrados, viam-se restos de camas de metal. No pátio, uma cadeira de rodas muito antiga se desfazia. As espirais das molas do assento saltando dos restos do estofamento. Estranhamente, nos postes de luz, as ampolas azuladas se mantinham acesas, embora fosse dia e ninguém estivesse ali. Entramos por uma das portas no que deveria ter sido o necrotério, com várias carneiras abertas. Havia macas de ferro. Em tudo a lepra da ferrugem. E o espantoso é que, nas prateleiras, tripas humanas, tumores, rins, corações, dentro de vidros, boiavam em líquidos amarelados. Enquanto metal e cimento se decompunham, os restos humanos permaneciam intactos. Quem seriam e onde estariam os donos daqueles órgãos? Talvez fossem as únicas partes reminiscentes de organismos já desaparecidos. Fugimos dali como se de uma casa de horrores. Nunca entendemos o que faziam aqueles pedaços humanos esquecidos no hospital desmantelado. Até o Cristo de pedra, de pé na entrada, tinha as mãos decepadas.

• • •

Em Bom Jesus, um aleijão é produtivo. Pode render uma boa média diária com as esmolas que provoca. Sem escarcéus. Sem alardes. Silenciosamente. Os pobres são os que mais dão esmolas. Se ajudam. Pagam pela alegria de constatar que há sempre alguém em piores condições que as suas. Embora o alheio seja sempre o mal menor, insuportável é mesmo o mal que nos aflige, nos fustiga, nos persegue, com o qual temos que conviver.

Uma grade de ferro cerca a esplanada dos milagres. A entrada da gruta é também a entrada da nave da igreja. Grandes estátuas mal feitas são guardiãs e recepcionistas dos peregrinos. Postadas à volta do pátio. A gruta fica muito perto, quase em cima do rio, obviamente resultado do trabalho dele.

Externamente, uma formação rochosa que a água escavou durante séculos compõe a fachada da igreja, como um paredão de pedra esculpida. Que lhe serve de pano de fundo. A imensa rocha, plantada à beira do rio, parece feita de agulhas e torres esguias. Aí foi encravada a torre da igreja. Segundo um folheto turístico, "em estilo medieval, quase da mesma altura do morro", que "por ser todo de formação calcário-orgânica, imponente, imenso, destaca-se na planície da região".

Na realidade, diz ainda o folheto, há uma sucessão de quatorze cavernas, algumas ainda por serem abertas. Grutas e covas de beleza indescritível. A crença popular até então existente, de que, no bojo da montanha, numa dessas grutas, terminada em grande lago, vive uma serpente alada e monstruosa, mantém obstruídas várias de suas entradas. A população, cheia de crendices, teme a liberação da serpente, que traria morte e destruição. O interior da gruta alcança sete metros de altura. Em suas reentrâncias, numa área de cinqüenta metros de comprimento por quinze de largura, se alojam a Sala dos Milagres, a Pia Batismal, a Cova da Serpente, o altar de Nossa Senhora das Dores. O chão é de mosaico preto e branco. As estalactites lembram os tetos rebuscados das mesquitas. No vão principal, o altar-mor, o do Bom Jesus. A meca.

Uma imagem bastante efeminada de Cristo crucificado, sob um céu turbulento, está aí entronizada. Por trás do resplendor dos raios que seu corpo emana, vê-se uma cidade de inspiração moderna, com torres, colunas e edifícios de apartamentos. Circunda-a uma série de sete anjinhos barrocos, de caras redondas encaixadas por cima das asas unidas. Parece que o Bom Jesus aqui está mais perto, mais atento, mais presente. Ouve melhor as queixas, atende mais às preces do que os outros Jesus das capelas menores. Eu prefiro um Cristo, atirado ao chão, vestido de roxo, que, numa delas, carrega uma cruz mais pesada do que as suas forças. Confio mais neste Cristo, cujo sofrimento é mais evidente.

Reboam os alto-falantes anunciando o novo preço do catecismo e o horário das missas e das lições divinas.

Pagar promessas. A busca do alívio. O comércio com a graça divina. A troca. Bom Jesus, dá-me isso, que te dou aquilo. Mas é preciso ter fé. É a fé a grande curandeira. A força motriz para a desgastante viagem de tantos miseráveis. A obrigação de ter fé. Ou o direito de ter fé. De pedir, de esperar, de barganhar com o Senhor. De ser atendido. À falta de outros direitos mais imediatos. Mais humanos. Mais materiais. Fé. Miúda palavra para sustentáculo tão vigoroso.

Pedaços humanos aos milhares, de cera ou de madeira, toda uma população mutilada aí se empilha desordenadamente. Engalfinham-se, nas prateleiras da igreja, braços, pernas, mãos. Dão-se cabeçadas mil cabeças decepadas. As muletas, também aos milhares, estão amarradas duas a duas, formando grandes piras jamais acesas. Me pergunto se é para que, no dia da ressurreição, não se percam e também elas possam caminhar, aos pares, com seus donos, rumo ao paraíso. Amontoam-se velhos chapéus, véus de noiva, peças de roupa, monocrômicos atestados de curas, de bênçãos, de alívios, que o pó do tempo descoloriu. Talvez cobertos também na lembrança desses pedintes, que a graça favoreceu, pela poeira sem cor do esquecimento.

A noite de lua foi chegando. Leve. Deitava-se a caatinga e escorria pela planura desde o balcão do pátio até roçar no rio. Crespa, encaracolada. Feito um mar de esponjas. Tudo amaciado pela luz tênue, violácea. Terra e céu se copiavam. O pixaim do chão e a carapinha das nuvens. Como se num espelho de água parada. Na terra e no céu a mesma paisagem, brilhante de lua.

Ouvia-se ao longe um canto de macumba. E seus tambores.

Não me sentia sozinha no São Francisco. Como às vezes me sinto. Como hoje.

• • •

Hoje, cansaço e aborrecimento no ar. Ontem não foi assim. Não sei por quê. Ontem fomos ao museu, ao cinema. Vimos um filme do Bergman. Incompreensão. Incomunicabilidade. A asfixia dos relacionamentos, os conflitos que a convivência cria, tudo dissecado minuciosamente. Incomodando. Porque tem tanto a ver com a vida da gente. O amor e o ódio. A generosidade e o ciúme. Misturados. O apaziguamento da consciência. Dizer-se: eu fiz tudo o que pude fazer. E ferir, espezinhar, castrar. Equacionar: para isso que ele me fez, eu faço aquilo. A perda da fé, sem cura e sem alívio. Promessas viram ameaças, vinganças, cobranças. Cobra-se a falta ou o excesso de sentimentos. Exige-se. Critica-se. Manipula-se. Desapiedadamente.

Esse filme lembrou-me de tanta coisa da minha vida. De filha. De mãe. Só na distância se vive bem com os outros. Nunca se é a mãe que se deseja ser. Sempre madrasta. Terrível isso. Você confundiu liberdade com abandono. Que fazer? Não era a liberdade a meta desejada? Minha mãe, esclerosada, morreu brigada comigo. Por que essa dificuldade em aceitar as diferenças do outro, seja mãe, seja filho, seja quem for?

Ontem, hoje, amanhã, sempre a mesma mistura de ressentimentos, de expectativas frustradas. Difícil ser mãe. Difícil ser filho. A gente se gosta sem restrições e, de repente, vem o estranhamento, a revolta, o ódio. Um demônio crescendo nos olhos.

Todo mundo quer ser independente, mas tem medo da solidão. Do abandono que é a independência. Eu também tenho. Ela me disse: você confundiu liberdade com abandono. Como explicar que não? Como impedir a liberdade? E seu implícito sofrimento?

Ontem jantamos só os dois. Há tanto tempo, tanto, não éramos só os dois, frente a frente, conversando. Por sobre uma mesa de restaurante. Tinha medo de falar, às vezes. De dizer qualquer coisa que pudesse quebrar aquela hora boa de entendimento. Só nós dois conversando. Sobre o filme que víramos. Sobre a cidade nova. Sem contradições. Sem más interpretações ou discordâncias. Quase com cerimônia. Como quem fosse se conhecendo com o agrado do momento.

E em casa, depois, aquele olhar de ternura, meu deus, que me fez bem. Aquele olhar de ternura pelo espelho do banheiro. Há tanto tempo andávamos inválidos de sentimentos. Magoados. Feridos. Amputados. Inimigos.

E foram eles. Os filhos que fizeram isso com a gente. Quase nos perdemos. Quase irremediavelmente. Será que merecíamos tanta punição? Quem machucou primeiro? Quem provocou a reação em cadeia? Quem fez o quê a quem? Não era amor o começo? Não era amor o fim?

Para atravessar a vida sem medo só é preciso ter coragem. Quem não tiver, não entre, já dizia Clarice.

Para diminuir a vulnerabilidade, para expurgar ressentimentos e mágoas, para fugir ao que maltrata, vai-se ficando menos sensível, menos atenta. Vai-se encolhendo sob camadas mais grossas de defesa. Menos atingível, porque menos exposta. O controle sistemático das emoções amordaça também as que são enriquecedoras. Se não se permite ser envenenada por excessos de sensibilidade, por outro lado, também mais custa ser íntima, liberada, disponível. No fundo, nunca se aprende a viver. Chega-se ao tempo da madureza com as mãos vazias?

Dormimos engastados e acordamos com a solidão ao lado. Difícil trocar idéias. Jamais fazer indagações. Jamais expor opiniões divergentes. Nada que possa provocar desequilíbrios catastróficos na precária harmonia que nos impusemos. Não mais nos atrevemos a dizer o que pensamos. Dividimos as banalidades. O prosaico do cotidiano. Sem nos permitirmos mergulhos na profundeza de nós mesmos.

A imagem idealizada perdeu seus privilégios. Seus encantos. É desesperadoramente necessário reinventar o amor. Com as cerimônias e as descobertas dos desconhecidos. Mudamos tanto. Somos quase outros. É preciso amar de novo. Com tolerância e com vontade de achar tudo o que vem do outro original e perfeito. Sem interferências. Sem restrições. Sem concorrências desleais. É preciso amar inteiro. Com exclusividade. Plenamente. Cumplicemente. Enquanto ainda há tempo. Estamos tensos, tristes, distantes, cansados. Passamos a vida à espera. De quê? Sempre à espera de que um dia, poucos dias, fôssemos só os dois. À nossa volta, mil solicitações. Mil apêndices. Mil remorsos. Mil culpas. Fomos dois, estreitos quinze dias, em férias. Raros. Estreitos quinze dias. De vez em quando. Sempre a cabeça voltada para trás. Para a Sodoma dos nossos pecados. Dos nossos doces pecados. Do doce que fomos estátuas de sal nos tornamos. Cortantes. Amargas. Travando na boca do outro, no corpo do outro, o sal nas feridas, nas entranhas. Sal amargo. Sal suado. Sal chorado. Do doce que fomos. Dos nossos doces pecados. Endurecemos. Agora, teimosamente insistimos em desconhecer-nos.

...

Meu bom Jesus, promessa vos faço, para pagar na Lapa. Preciso ter fé. Preciso curar meus desamores. E meus cansaços. Minha cegueira. Minha papeira. Que a vida é amável me ensinou Ambrosina. Mas sem ter fé, como é que eu vou acreditar nisso? Me habilitar para a vida, me reabilitar com ela?

Se Ambrosina estivesse na China faria uma operação com anestesia por acupuntura. Colocariam uma agulha vibrando em cada uma de suas mãos, na posição exata, que só eles conhecem. Para que a dor não seja sentida. Como eu vi em Cantão, no hospital pobre de lá. A chinesa entrou na pequena sala redonda caminhando. Sentou-se numa cadeira tosca. Foi recoberta por um lençol. E enquanto conversava, tomando o chá que lhe ofereciam do bico de um bule de porcelana, o médico abriu com um bisturi o inchaço do pescoço. Retirou com os dedos o tumor, do tamanho de uma pêra. Depois costurou o talho com linha fina. A chinesa levantou-se, respondeu às perguntas dos que assistiram à cirurgia, e saiu sorrindo. Como se nada tivesse acontecido. O único luxo do pequeno anfiteatro, palco da operação, eram os holofotes que o iluminavam. Assim teriam feito com Ambrosina. Teriam tomado entre os dedos a sua papeira, extraída naturalmente, com delicadeza. E ela estaria curada. Sem promessas. Gratuitamente.

E a papeira interna que enfeia a vida? A acupuntura cura? Ou, pelo menos, anestesia a dor?

Tudo isso eu vinha pensando. Na minha pouca fé. Pensando nos meus aleijões. Nas minhas deformações. E na minha desvalia. Mas não seria o Bom Jesus, na Lapa dos vendilhões e dos miseráveis, que me faria o milagre.

Caminhamos pelo meio fantástico daquele submundo. Olhando as pessoas. Sendo olhados. Deviam perguntar-se o que fazíamos ali, estranhos. Perscrutavam-nos. Doenças aparentes não trazíamos. Nem vendíamos nada. O que nos haveria levado ao Bom Jesus?

Dentre os que nos seguiam com olhos interessados, aproximou-se um homem com um ar saudável. E próspero, se notava. Desenvolto nos modos e no falar. Veio puxando conversa. Era um fazendeiro, o Seu Geraldo Bastos. Morava logo ali. Levou-nos para tomar um café na varanda estreita, espremida entre o corpo da sua casa, onde não nos convidou para entrar, e a rua de maior movimento. Contou-nos que na sua fazenda de criação tinha milhares de cabeças de gado. Quis saber o que fazíamos por aquelas bandas. Talvez achando que pudéssemos ser intérpretes de suas queixas junto ao governo em Brasília, protestou ferozmente contra a política para o Vale do São Francisco, de desapropriação das terras de criação para transformá-las em zonas agrícolas. Injusto tirar os pastos dos fazendeiros de gado para distribuí-los entre os peões. Tinha sido extremamente difícil desenvolver a criação no Vale do São Francisco. No começo, era a falta de água nos períodos de seca braba. Depois, conseguir o sal de que careciam para preservar a carne. Difícil levar os bois aos mercados, às vezes por demais longe. Difícil o transporte pelo rio. E deslocar o rebanho por essas enormes distâncias? Contraproducente. Quando a boiada chegava ao destino, os bois haviam emagrecido tanto, não tinham mais peso que valesse. Muito boi era morto nas fazendas. Assim podiam levar a carne, previamente salgada ao sol, para vender no litoral. E logo quando conseguiam algum sucesso com a criação, agora, vinham essas medidas do governo desacertando tudo. Muita gente se queixando, dizia ele. Tendo que sair de onde estava, de onde tinha nascido, da terra que era a sua, para ir sabe deus para onde. Muitos deles nem tinham títulos de propriedade. Muitos tinham o mesmo nome. Como é que as autoridades iam saber depois a quem indenizar? Se nem essa gente, nem as terras, nem as pessoas, que eram forçadas a abandoná-las, tinham registro? Iam recomeçar a vida longe, levando o que podiam de seus trastes, levando seus filhos, mas deixando muita coisa intransferível para trás. Coisas que não dava para levar. Com a construção das represas a água do rio ia inundar tudo. O sertão ia mesmo virar mar. Algumas terras tomadas seriam redistribuídas, mas outras deviam ser inundadas. Desapareceriam definitivamente. O governo prometia dar terras e sementes, para ajudar a plantar arroz, milho, feijão. Mentira. Mentiras plantavam. Davam a terra do gado para a lavoura. Davam um punhado de sementes. A gente se iludia com isso. E depois? Depois é que ia ver que não nascia nada nesse solo ruim. Revoltado, o Seu Geraldo mandava por nós recado para o governo lá de Brasília.

Depois do café e do falatório cheio de indignação, fomos para o hotel que ele nos indicara. A cidade, toda acordada, fremia com os restos da festa. Pelo caminho esvoaçavam as chitas penduradas das barracas. Pilhas de chapéus de couro, sandálias, roupas de cangaceiro, alpercatas, redes coloridas com suas franjas brancas, feito renda grosseira, esperavam ainda compradores retardatários. Tabuleiros de comida espalhavam cheiros de ervas e frituras. Por todos os lados garrafas vazias, latas de cerveja. Uma praga de lixo descuidado. A música vomitada pelos alto-falantes ferrenhamente disputava com o vozerio das pessoas na rua.

Fomos para o Palace Hotel. O mais caro, só por isso ainda tinha lugar. A dona, Adélia, ou Amália, ou Amélia, já estava recolhida. Levantou-se para receber-nos com seu robe estampado e suas chinelas, gastas de se arrastarem pelo chão cimentado. Dormia quando batemos. Atendeu mal-humorada. Nos fez segui-la por um corredor cujas lâmpadas, de poucas velas, caíam do teto penduradas por fios engrossados de moscas adormecidas. Indicou um quarto para as três mulheres. E outro, bem longe, para o homem.

"É garoto, sim, mas pra essas coisas, minha fia, não tem idade", resmungou.

Grande sabedoria. Tem mesmo não.

O garoto era o nosso fotógrafo. Já fizera outras viagens pelo interior do Brasil. Para fotografar os índios. Além dele, uma fotógrafa, moça, documentava a viagem. Minha outra companheira era, ela mesma, como uma índia. Dormia na rede, tomava banho no rio, passava a noite olhando as estrelas. Tinha a adolescência inveterada na alma. Uma candura quase inconveniente que encantava, surpreendia e, por vezes, desconcertava. Fazia coisas que a gente, falta de coragem, não faz. Não cabia nas medidas ordinárias da vida, dos horários, das funções regulamentadas. Do contato com os índios teria incorporado a intimidade com a natureza e a simplicidade dos ritos diários. Descobrira, com a variedade dos códigos morais, seus suspeitos valores. Instintivamente sabia outra e diversa a importância das coisas e das pessoas. Nos olhos pretos e vivos queimava acesa uma fome de viver que não refreava. Espontânea. Autêntica. Atirada. Aventureira. Livre para dar e para tomar. Para sentir. Para comunicar-se com os outros com a sem-cerimônia de quem conhece, de quem é dono, mesmo numa primeira vez. Antes de o ser. Como se dela fossem os segredos alheios. Ou como se para ela não houvesse segredos. De uma sabedoria de duzentos anos.

O Palace Hotel acorda os hóspedes com o canto dos galos. Um canta no quintal, bem embaixo de nossa janela. Outro responde, como se do outro lado do muro. Mais distante, outro. O primeiro recomeça. Fazem o esforço comum de puxar o sol do fundo das goelas. Muito depois percebi que os galos cantam de madrugada, o dia inteiro, e à noite também. Têm uma incansável máquina de cocoricar na garganta. Incomodamente mais se fazem ouvir no silêncio das madrugadas. Nessas horas paradas em que a sua voz, atravessando o sono ou a insônia, qual broca a motor, consistentemente, perfura o cérebro indefeso.

• • •

Há um galo em plena Ipanema. Às duas da madrugada a Jornal do Brasil encerra a boa música digital-laser. Mas o galo continua, estereofônico. Um carro passa cantando os pneus na curva. Ninguém respeita a lei do silêncio nesta terra. Sem sono sigo o desenho enfadonho das flores azuis do papel de parede do quarto. É um emaranhado labirinto que se repete de meio em meio metro. Sob a lâmpada de cabeceira acesa, a poeira produz galáxias no tampo de vidro da mesa. Meu dedo abre um buraco negro neste compacto acúmulo de vias lácteas. Aí se poderia escrever um nome. Um nome para ser gritado. Ou para ser calado. E como na canção, o amor me faria linda. Mas o galo não deixa espaço para nenhum romantismo.

• • •

Logo cedo alugamos um carro para irmos a Santa Maria das Vitórias. O carro que conseguimos é tão velho quanto o seu dono, o Seu Profio. Que devia ser Porfírio.

Saímos em busca do Guarany, que há oitenta anos faz carrancas, as famosas carrancas do São Francisco. Desde menino. As carrancas mais fantásticas que enfeitaram as proas dos barcos nasceram das suas mãos. De quem não sendo o santo, nem o rio, é também Francisco. Francisco Biquiba dy Lafuente Guarany. Brasileiro, sertanejo, orgulhoso do seu nome, cuja origem diz ser da Espanha. Nome de nobre espanhol. E nascido no interior da Bahia. Ele mesmo contará depois, do bisavô José, vindo de Barcelona. Frade fugido de uma perseguição em Salvador, acha guarita com uma negra africana e com ela vai para Capim Grosso. Biquiba, esse o nome da africana. Vai ser professor próximo a Juazeiro. José brigou valente na Sabinada e foi alferes. Sem dúvida legou ao bisneto a nobreza de alma, como a maior herança. José roubou Maria Biquiba, com quem se casou. Morta esta, embarcou no rio. Tiveram um filho, Cornélio, construtor de barcas. Que vindo a se casar com a neta de uma índia,

Marcelina, fixou residência em Santa Maria das Vitórias, então chamada Porto. Mestre Cornélio fazia barcos para os estaleiros do Tamarindo de Cima. Mais oito homens trabalhavam com ele. Guarany herdou do pai a profissão. Mas o gênio artístico é dele só. Disso eu sabia, como de quase tudo a respeito do Guarany, através da leitura da obra de Paulo Pardal, a mais completa sobre as carrancas do São Francisco.

Santa Maria das Vitórias está cheia de movimento. É dia de feira. Ao contrário de Bom Jesus é uma cidade sadia, alegre, colorida. Vaqueiros vestidos de couro, montados nos seus cavalos, cruzam as ruas, estrepitosamente. Por todos os lados se amontoam verduras, frutas, potes de cerâmica, rolos de fumo, cordas, panos, chitas, baldes de plástico, bacias. As galinhas são vendidas em pencas, penduradas pelos pés. Tentam manter a verticalidade das cabeças para olhar em volta, o que é difícil naquela posição. De vez em quando uma se irrita e bica a que lhe está mais próxima. Ouve-se o protesto esganiçado e a pronta represália.

A cidade ferve de gente. Na praça principal a igreja parece de brincadeira. Enfeite ou cenário de auto nordestino. Pintada alegre de azul e branco.

Já por volta do fim do século era assim a cidade. Porto excelente, freqüentemente visitado por barcos de todas as procedências. Em 1888, contava com muitas e regulares casas de negócios. Um animado comércio. E, então, duas igrejas.

Qualquer moleque sabe onde mora o Guarany. A gente vai chegando e ele nos recebe como um *grand-seigneur* na sua casa ampla e fresca. O telhado é sem forro, deixando à mostra a ossatura de madeira que sustenta as telhas. As paredes internas não alcançam o teto. Encobrem as pessoas, nos outros cômodos, mas não os ruídos que elas fazem, suas vozes e risos. Por cima delas circulam os cheiros, como os barulhos.

Sentamo-nos para conversar. Ele sabe o charme que tem. Os olhos miúdos são vivos e risonhos, cheios de histórias para contar. Muitos anos de vida, muitos amores, muitos acontecimentos. Casado duas vezes. Doze filhos, dos quais oito criados. Uma filha formada casou-se com um americano. Mora nos Estados Unidos, onde ensina português. Percebe-se que tem orgulho dela. É dela que fala primeiro. A Marcelina. Regina e Radina moram em São Paulo. O filho professor secundário em Juazeiro é o Ultanor. Ubaldino foi presidente da Câmara Municipal várias vezes. Um dos filhos podia ter sido tão bom carranqueiro quanto ele. Mas é "formado na garrafa". Seria o Francisco, marceneiro em Santa Maria?

O Guarany tem noventa e dois anos. Nos promete que vai viver até os cem. E fazendo carrancas. Já fez tantas quantos são os anos que tem de vida. É magrinho e curvo. O olho jovem e alerta trabalha sem óculos. As milagrosas mãos conservam o hábito de criar as formas bizarras das carrancas. Sua imaginação fértil e inesgotável confere a cada peça um nome de sua invenção, inusitado e fantasioso. Paulo Pardal quem conta, cada carranca é batizada como um filho: Futhech, Aratuy, Salaô, Capelobo, Galocéfalo, Medostantheo, Curupan etc. Individualizadas pelo apelido que lhes dá, seu criador lhes sopra também vida espiritual e própria, atribuindo a cada uma delas uma história: Capiñago é o cavalo encantado. Curupema, a índia que virou onça. Megatério é um animal pré-histórico. E por aí vai.

Segundo Paulo Pardal, o que mais impressiona nas suas carrancas é a opulenta cabeleira, sempre longa e cuidadosamente esculpida. Ora em cachos grossos, torcidos como cordas, dando a volta ao pescoço. Ora em ondas que descem de cada lado da cabeça, por trás das orelhas. Sua inspiração pode surgir de uma cabeça de cavalo, um busto de mulher, cartas de baralho, ou ainda de fotos de macacos, de leões, de animais pré-históricos, que vê em livros ou revistas.

Quase sempre usa um bloco único de madeira. Sem emendas. Esculpe os dentes também no mesmo pedaço de madeira. Não são implantados. O que o leva a dizer que não é vadiação fazer essa boca.

O Guarany conta que começou a trabalhar em 1899, quando o pai morreu. Primeiro foi imaginário, fazedor de imagens. Depois marceneiro. Depois santeiro, depois tanoeiro. Aprendeu tudo sozinho. E não gosta de ensinar.

O talento é bem que Deus dá. Ele diz. Ubaldino, meu filho, por exemplo, de me ver fazer, entendeu de fazer também.

Acha que o aprendizado, solitário e informal, vem da observação dos mestres marceneiros, santeiros, tanoeiros. A teimosia no treino das ferramentas leva à perícia, à destreza. Só a lide diária com os machados, formões, enxós, goivas, macetes, instrumentos múltiplos de forma e de tamanho, assegura o virtuosismo. E à imaginação fértil, embebida de fantasia, se deve o vigor das esculturas.

O Guarany confessa ser muito caprichoso. Sempre em busca da perfeição. Mas não precisa quebrar a cabeça para fazer as suas carrancas. Quebra, sim, se tiver que imitar. Sua consciência de artista não o permite multiplicar, reproduzir. Cada peça tem que ser uma só. Quando lhe encomendam uma carranca igual a alguma outra que fez, diz que não atende o pedido. Faz como sai. A madeira é quem determina a figura. Ela já vem feita do mato.

Sua oficina fica a cem metros da casa onde mora. De pau-a-pique, chão de terra batida. Em desordem, como um artista que se preza deve ter. Vários troncos começados e outros aguardando a vez. Não sabe trabalhar sobre a mesa. É montado, como que a cavalo no tronco escolhido, que faz nascer as ilógicas maravilhas do seu inconsciente.

Além das carrancas, da vida inteira, e dos santos de sua mocidade, o Guarany esculpiu um presépio, pintou bandeiras do Divino e de outros santos. Durante trinta e nove anos foi juiz de paz em Santa Maria. Diz que casou mais de quinhentos pares. Tocou violão e fez muitas serenatas. É orgulhoso das onze noivas que teve. Doze com a Dona Benvinda, sua atual mulher. Conta-nos da conquista, cheia de lutas com a família dela. E fazendo o relato da sua vida para nós, repete que é um homem muito feliz. Diz que não pode se queixar da sorte.

Como Ambrosina, pensa que a vida é amável.

De sua mulher, ainda mais velhinha e encarquilhada, é ele quem cuida. Está semicega e hemiplégica. Diz que, mesmo assim, ela é a luz dos seus olhos.

As primeiras carrancas de que se tem notícia aparecem ao redor de 1888. Provavelmente versões livres de alguma figura de proa vista em barcos europeus de passagem pelo litoral. O Guarany nasceu em 1884. Quase com as carrancas. Vida afora ele criou suas quimeras, meio gente, meio bicho. Vastos bigodes humanos sobre dentes malignos e ferozes. Peludas como os monstros do rio na imaginação das pessoas. Dotadas de narizes ou de focinhos. São as filhas extravagantes da sua rica fantasia.

As carrancas do São Francisco não são mais usadas nos barcos. Em vinte e dois dias pelo rio não encontramos sequer uma embarcação assim adornada. Transformaram-se em objetos de decoração muito procurados pelos turistas. Os amuletos contra os maus espíritos desapareceram nas águas de um minguado progresso.

• • •

Ficar velho. Não se ocupar, ou preocupar, mais com a vida. Empenhado nela. Quando se é moço, sim. Depois, o que realmente ficou de importante, na retrospectiva cada vez mais apagada e longínqua do que já não pode ser vivido? Só lembrado? A distância vai mudando tudo. O tempo. Até mesmo a verdade dos fatos. A gente se lembra como quer daquilo que quer lembrar. Se alimenta dessa memória armazenada. Quando o pensamento está voltado para a morte e inconscientemente aplicado em se distrair dela. Verdades podem ser inventadas de puras fantasias. Sem desmentidos. Para que se mantenha erguida a cabeça, mesmo de cabeça para baixo, na posição inconveniente das galinhas.

• • •

Quando eu cheguei, o tom era de espera. Ou de desespero? E agora?

A gente deve ficar sempre longe de quem ama. Amor pesa, cobra, aborrece. É preciso aprender a sorrir mascaradamente às tramas familiares, sem se deixar envolver. Escapar delas, não dar opiniões, não querer solucionar os problemas insolúveis. Quem quer conselhos, quem quer opiniões, quem os quer?

Ela me disse que estou cheia de celulite. Hum! celulite. A simples presença, por mais de três dias, é indigesta. O que parecia estímulo, apoio, consolo, três dias depois, ou momentos depois, ou segundos depois, pode se transformar em estorvo.

Eu e a minha celulite. Acho que sempre fui mesmo meio balofa. Meio gordinha. No meu tempo fazer ginástica era sem-vergonhice. Moça decente não fazia ginástica. Não andava de bicicleta. Dizia o meu pai. Corpo era invenção do diabo, com todos os seus apetites. Era pecado pensar nele, cuidá-lo, exibi-lo, aperfeiçoá-lo, acarinhá-lo. Comprazer-se nele. Vem de longe a celulite. Das dez horas por dia sentada na carteira do colégio.

Mesmo as pessoas a quem mais se ama podem ser muito más. Acho que sobretudo essas, as que mais se ama, são muito más. Entendê-las, ou ser entendido por elas, é muito difícil. Dá tanto trabalho. O melhor é abandonar os pontos de referência, sejam eles objetos, lugares, pessoas. Prescindir boçalmente de contatos. De lembranças. De dependências afetivas. Com que idade se aprende a ser sozinho? Com que idade se é velho? Com que idade velhice é velhice: absolvida de desejos, de sonhos, de alegrias ou de desesperos? Por dentro só tranquilidade e sabedoria? Se fosse assim, queria envelhecer logo. Tornar-me impassível como uma máscara de buda. Como será a minha velhice? Igual à velhice infernizada da família, que se herda? Meu avô enforcou-se, pendurado da trave do banheiro. Minhas avós morreram do coração. As duas. Meu outro avô morreu de uma queda de cavalo. Avôs trágicos. Avós enfermas. Minha mãe morreu de câncer. E era gêmeos. Meu pai de enfarte. E eu?

Descubro quanto morro a cada dia. Homeopaticamente vou dosando a minha morte. Frondosa árvore da vida é aquela do artesanato mexicano. Exuberante e populosa, cheia de pássaros, folhas, flores, frutos, peixes, bebês, sereias. De todas as cores. Como numa peça de teatro, da qual sou desvalida espectadora, vejo-me perdendo flores, frutos, folhas, desgalhando-me como só as árvores do sertão. Sem apelação. Em mim tudo se estiola.

Alguém me fala no melhor da vida. E o que é o melhor da vida? Ir ao encontro do desconhecido? O que é mais desconhecido do que a morte? Do que o imprevisível momento fatal, imprevisível até mesmo para o suicida. Para o condenado a morte.

Vai-se deixando para depois tanta coisa, para amanhã, para o mês que vem, para as próximas férias. E se não houver depois, senão o depois inimaginável e eterno? Como identificar o melhor da vida? O momento vivido ou o que se espera ainda? O momento. Este. Este é o melhor. Sem pra frente, sem pra trás. Parado. Mas não está parado. Este já é outro. Outro momento. Escorregadio. Irreversível. Irremediavelmente perdido, enquanto eu pensava nele.

• • •

A senhora Carter mandou-nos um retrato colorido, com dedicatória. Sorri para nós seu sorriso de santinho de primeira comunhão. E escreveu-nos uma carta. Devíamos nos sentir honrados com a deferência. *Jimmy says.* Era sempre Jimmy quem dizia o que ela tinha a nos dizer. Como se ela fosse incapaz de dizer ou de pensar qualquer coisa por si mesma. Devíamos pôr a fotografia num porta-retratos com moldura de prata, para as visitas verem. *A conversation piece.* Como o touro que o João Frank fez, todo de pedacinhos inúteis de objetos variados. Não há quem o veja sem perguntar quem é o autor, do quê e como é feito. Que idéia tão criativa. E eu sempre mostro que o rabo dele se move. E digo que é zebu, pois tem corcova. Que anatomicamente é perfeito. Notável seu aparato de bom reprodutor: uma peça de plástico extraída de algum aparelho eletrodoméstico. E toda gente acha lindo e acha graça.

O melhor da vida.

A última coisa que movia era o olho amarelo do cão moribundo. O veterinário disse que não dava grandes esperanças. Quem as quer, grandes esperanças?

Você acha que eu ia poder viajar com os mil cruzeiros que você me deu?

Acho que não. Que lástima. Realmente mil cruzeiros é pouco para qualquer viagem. A curta ou a definitiva. Para a morte do cão. Ou a viagem do filho. Coisas que nenhum dinheiro paga. Dói. Ai, dói. Na carne, no fundo. No fundo mais fundo. Lá dentro. Se se pudesse mudar. Ter esperanças. Mesmo poucas e pequenas. O melhor da vida: as esperanças. E quando foi? Nunca. Sempre a nefasta sensação de que alguém ficou do lado de fora. Sobrando na história.

Ela bordava, numa tapeçaria, um caju solitário e três berinjelas. Caju vermelho. Berinjelas roxas. Temas para tapetes. Para poemas. O melhor da vida.

Quando o cachorro morreu. Seu olho, só, se movia. Amarelo. Espiava para fora. De dentro da sua agonia. Paralisado. Manietado. Só o olho amarelo movia. Buscando salvação. Espiava só, num grande esforço inútil. Aniquilado pelo veneno. Impotentes. Ele e eu. Sem esperanças.

É assim. Meus olhos amarelos se reviram. Espio. Enquanto vou morrendo. Gastando minha vida a morrer. Do melhor da vida, não sei. Grandes ou pequenas, não há esperanças. Ninguém mais dá. O melhor da vida: grandes ou pequenas, as esperanças.

• • •

Perto da oficina do Guarany mora um homem que faz quadros e calendários. Arte caipira, tão extraordinariamente *kitsch* que acaba sendo notável. A obra maior, no entanto, é a janela da casa, onde vai experimentando as cores. Pintou seu melhor quadro, sem o saber, na janela quadrada e rota. Pensei em comprá-la. Ele não quis vender. Quem vai vender um naco da própria casa. Parede, porta, telha ou janela? Mas um café nos oferecia com gentileza. A gentileza e a hospitalidade se complementam, imbuídas na grande miséria coletiva. Ingredientes dessa pobreza cavalheiresca. Os tantos séculos de ocupação árabe atavicamente evidenciados na hospitalidade ibérica, tornada sertaneja.

Resolvemos ficar em Santa Maria, para ver e sentir melhor a cidade, que muito prometia. O gaiola chegaria a Ibotirama e partiria apressado, com as nossas bagagens, logo depois de se reabastecer. Teríamos que dividir-nos, se quiséssemos ficar. Duas de nós iríamos buscar as malas no barco, bagagem que mal usávamos, quase inútil, mas que não podíamos descartar. Gisela e eu deixamos os dois companheiros fotografando Santa Maria e nos fomos no táxi do

Seu Profio pela estrada poeirenta de muita seca, ladeada de muito cacto. A vegetação rasteira recobria-se do pó da terra que tingia o verde e uniformizava tudo. Tudo pardo e triste. Grandes árvores se misturavam com arbustos retorcidos. O chofer nos mostrou as paineiras, as barrigudas. Dão ótimos caixões, dizia ele. O oco da barriga acolhe, como um berço, o corpo minguado dos defuntos. Não carecia de escavação ou confecção mais caprichada. Já vinha pronto e, no mais das vezes, na exata medida. Serviam também para navegar nos rios. Canoas naturais.

A voz do homem arranhava. E o motor do carro mais ainda. Parecia triturar pedras. Ambos ásperos e roucos de tanto pó.

No meio do caminho se ouviu um baque, um golpe, que fez parar o carro. Descemos para ver o que acontecera. Fora-se o tanque de gasolina. Algo se rompera, rachara lá por baixo. Os trapos disponíveis não foram suficientes para estancar o líquido amarelado, rapidamente sugado pela areia, sem que nada pudéssemos fazer para retê-lo. Estávamos perdidas no meio da Bahia. Quilômetros de vazio a nossa volta. Não poderíamos atrasar o barco, nem o tempo. A angústia aumentava com a perspectiva de perdermos nossas bagagens. Impotência e secura cerravam forte a garganta. E as idéias.

Meia hora se passou até que do fundo da estrada veio vindo uma mulher com uma bacia na cabeça. Reluziam ao sol, de areadas, as panelas que tinha ido lavar longe, nalguma água oculta. A mulher veio vindo, fixando em nós um olhar metálico, inexpressivo. Arriou a carga da cabeça. Pousou seus pertences com cuidado no mato empoeirado. E ofereceu-nos a bacia. Nela o chofer recolheu os restos da sangria essencial daquele motor cansado.

Mais uma hora à-toa. Do rolo de pó que veio se aproximando, surgiu um jipe. Dentro dele quatro homens, com jeito de cangaceiros. Cobertos de couro, das sandálias aos chapéus. Eles próprios feitos de couro. A pele, como a vestimenta. A cor é a mesma, a da terra, em tudo. Nas dobras da roupa, nas rugas da cara. E nas veias, por onde lhes deve correr a poeira que, parda, lhes sai pelos poros. A um deles sequer lhe faltavam os óculos de finos aros redondos do Lampião. Não sabia se devia me alegrar ou me assustar. Nos olharam impassíveis. Não há como decifrar intuitos. Irão ajudar? Ou nos irão assaltar? Somos duas mulheres sozinhas, carregadas de máquinas fotográficas, de bolsas. Obviamente temos dinheiro. O chofer também duvidava, me parecia. Gisela fala com eles, como par, igual, de frente, desassombrada. Olho no olho, como uma velha conhecida. Se tem desconfianças não as demonstra. Eles, calados. Podem ajudar? Não percebo se realmente vão ou não fazê-lo. Evitam olhar-nos. Mal-encarados. Com muitas palavras, que não nos devolvem, explicamos o que aconteceu. Temos pressa para pegar o barco em Ibotirama. Nos esperam lá. Grande silêncio. Um deles se abaixa para examinar os fundos do carro. Sem dizer nada. Os outros se abaixam também.

Nesse momento, da direção de onde viéramos, um ruído de motor se anuncia. Um possante caminhão azul faísca ao sol por cima da nuvem amarelada que levanta. Como nave espacial naquelas bandas, aproxima-se o Mercedes Benz. Extraterreno. Vem veloz, salvador. Nos precipitamos, ao mesmo tempo, Gisela e eu, fazendo agitados gestos. No meio da estrada o caminhão pára, um pouco adiante. Correndo para alcançá-lo, gritamos ao Seu Profio que nos encontre em Ibotirama. Ele indica o Hotel São Francisco. E subimos apressadamente à boléia. É com esforço que as pernas logram galgar o degrau de metal que nos alça à cabine. Múltiplo alívio. Viaja só o homem. Vai para Salvador. Sim, claro, nos leva. É fim de viagem e ele também tem pressa de chegar.

Vamos os três sentados no único banco do trepidante caminhão. Atrás de nós, aberta, de um lado a outro, está a cama onde o homem dorme. Ele nos fala com alegria. As palavras saltam-lhe da boca, há muitas horas fechada.

Estamos com fome. Com medo de não chegar a tempo para recolher nossas malas do barco. Seria um transtorno enorme se isso acontecesse. O chofer parece adivinhar-nos. Procura em um canto acessível às suas mãos ocupadas uma marmita embrulhada num pano bordado de flores e passarinhos. Uma pizza! Dizemos que não, não é preciso. Nos garante que a sua fome saciada não vai mais precisar daquele almoço. Que até se chegar de volta em casa com a marmita cheia a mulher vai se zangar porque não comeu tudo. Outra vez o bonito da delicadeza sertaneja. Nos pondo à vontade para matar a fome de nós duas. E nos anima, garante que chegaremos a tempo para alcançar o barco.

Enquanto comemos, a caatinga fantasmagórica vai desfiando seus magros galhos, seus rebentos espinhosos. Isso é o sertão. Há algo de grego nos burricos pelo caminho, na austera secura da paisagem. Em certas áreas queimadas as árvores são melodramáticas, espetaculares. Algumas, como esqueletos enfumaçados, florescem ainda, flores de ferrugem, da cor da poeira do chão. Outras árvores se erguem secas, tortuosas, gráficas. Sem folhas, sem flores, puro traço. Outras ainda, dominadoras, ostentam uma paquidérmica beleza: são as paineiras, as barrigudas de que falava o chofer. Os ventres intumescidos, que retêm a água para seu consumo, depois de derrubadas, vão acolher os mortos. Não se pode passar sem vê-las. É uma visão que chupa o olho, se distraído. Só essas grandes árvores do sertão sobrevivem ao antigo hábito das queimadas. Resistem ao capinador valente que é o fogo. Que abre caminhos. Que limpa a clareira onde o rancho vai se erguer. Ou o roçado. Que desfaz as tramas que a mata arma. Afugenta os bichos. Preteja a terra em rasa camada. Para o plantio. Ao sertanejo engana com sua fertilidade avara. Ao fogo enfrentam de pé apenas as árvores que o braço do machado mal tem força de abater.

Do alto do caminhão se vê o mundo em movimento, como se de um balão que corre, em vez de subir. Parece um filme que retrocede no projetor. Mal se consegue fixar na retina as cenas rapidamente sorvidas pela tela da janela.

E rapidamente chegamos a Ibotirama. Antes do gaiola com as nossas bagagens no bojo.

...

Esperamos em Ibotirama que o barco encoste. E que o Seu Profio chegue com o carro consertado para levar-nos de volta a Bom Jesus. Andamos pela cidade buscando coisas, objetos corriqueiros, que convivam com o rio, com os barcos. Criados e utilizados pelas pessoas que vivem nas suas margens. Encontramos duas bruacas de couro e vários potes de barro, que compramos.

Passamos por uma igreja, de Nossa Senhora da Guia, padroeira de Ibotirama. No dia seguinte seria a sua festa e a igreja estava toda enfeitada. O padre, holandês, pintou ele mesmo um São Sebastião na nave principal. Gosta mais do mártir que da santa protetora. O São Sebastião é forte, moço, bonito, parece gozar com o próprio martírio. A Nossa Senhora é sem graça. Muito vestida. Mais sensual o corpo jovem e nu do santo, com as sugestivas setas penetrando-lhe pela carne.

Depois fomos descansar no Hotel São Francisco. Ao longo do rio muitos são os hotéis e pensões batizados por ele. Esse é uma construção grande, como a casa do Guarany, sem laje. Deixa à mostra as frestas dos encaixes das telhas e o trançado de madeira, seu suporte. Vozes e ruídos, choros de criança, ralhos de mãe, risadas, passos, coisas que caem, sobem do fundo dos cubículos divididos pelas meias paredes. Quase se podia sentir o calor dos corpos vizinhos. Sem serem vistos, ali estavam, muito próximos, muito presentes, por trás dos tabiques. Com seus cheiros e barulhos. Aí também as baratas gordas, como se aumentadas por lentes, passavam com desenvoltura por baixo das divisórias, de um lado para o outro. Donas da casa.

Sem percebermos, começamos a falar baixo, Gisela e eu. Tentávamos distinguir o que dizia uma voz mais alta ou a linha de uma conversa enrolando-se nas outras como num emaranhado novelo. Uma e outra palavra desconexa saltava, clara. Mas em seguida perdíamo-nos de novo na confusa barafunda de falas arrastadas e de sons que nossos ouvidos, habituados a outros sotaques, tinham dificuldade de decifrar.

Finalmente fomos esperar o gaiola. Já encostava no cais, quando aí chegamos. Foi diferente vê-lo da margem, com olhos de terra firme. Parecia-nos outro agora. Um objeto que perdera significado e dimensão, visto assim de fora. Dele não fazíamos mais parte. Despedimo-nos de nossos companheiros de viagem. Pusemos as malas no carro do Seu Profio, que chegara quase ao mesmo tempo. Olhamos uma última vez o barco. Para pensar nele depois. Desatados, ele e nós.

• • •

Tenho sempre grande dificuldade de me separar das casas onde moro, dos lugares em que vivo. Talvez porque esteja sempre mudando de país, renovando o esforço de adaptar-me, de estabilizar-me em outros territórios, em outros ambientes. É um desafio, a cada mudança, rearrumar meus objetos entre novas paredes. Reconhecer amigos em rostos antes desconhecidos. Fazer meus itinerários por ruas até então inexistentes nos meus mapas. E assim como me custa a conquista do desconhecido, mais me custa, talvez por isso mesmo, deixar o que, temporariamente meu, tenho que passar a outros ocupantes.

Quando eu cheguei a Brasília, o tom era de espera. Ou de desespero. E agora?

Brasília ficou para trás com uma rapidez insuspeitada. Arranquei-me de lá com a vontade que me injetaram os últimos dias na casa vazia. Tudo reduzido a um mínimo: no quarto, um colchão e um telefone. Eu, pequena, perdida, solta, naquele espaço que dias antes me aconchegava. Absolutamente sozinha. A mala entreaberta na casa vazia. A voz, se eu falasse, cresceria até às paredes, volumosa. E voltaria, como um eco tronitroante, ameaçadora. Desconhecida. Poderia ter mudado toda a minha vida então. Era só ter tido a coragem. De ser. Sem relacionamentos, sem compromissos. Amnesicamente apagaria todos os conhecimentos anteriores. Anularia tudo. Abrir-me-ia a todas as possibilidades de como a vida poderia ser diferente. Mesmo às jamais cogitadas. Aproveitaria aquela oportunidade, aquele despojamento. Aquele raro estar reduzida a um mínimo: o meu corpo e uma mala no meio de um quarto vazio. Numa casa vazia, que acabava de deixar de ser minha. Quis ligar o rádio, já não o tinha. Pegar um livro na estante. Não existiam mais o livro ou a estante. Beber um copo de água, e não estavam ali o copo, a geladeira. As coisas mais simples e prosaicas do meu cotidiano irreversivelmente ausentes. Abandonada por todos os meus pontos de referência, só eu ainda estava lá. A casa me expelia. Alargava suas paredes, afastava-as de mim. Isso me deu força para ir-me embora. Essa hostilidade, esse rancor inanimado a minha volta.

Se isso se passasse num filme, a vida num filme, todo mundo ia chorar. Que filme tão triste. Se fosse um livro, ai, de matar. A vida. Todo mundo ia chorar. Com a cara escondida no côncavo do braço, a lágrima pingando no chão. Até os cachorros com ar de choro. Se despedindo.

Deixaria tudo para trás. Seria outra. Não seria jamais uma mulher sentada no chão de um quarto vazio. Não teria mais filhos. Nem marido. Nem casa. Nem cachorros olhando com ar de choro. Começaria do zero. Ficaria no zero. Sem jamais chegar a ser um. Ou dois. Nunca mais. E tampouco ficaria pelo meio. Pela metade. Nos quartos. Jamais aos pedaços, dividida ou divisível. Seria redonda como um zero. Um círculo fechado. Invulnerável e impenetrável. Destituída de qualquer valor. Se começasse uma vida nova teria que ser do zero.

Além do sofrimento provocado pela casa, ainda tive que agüentar o da chegada do próximo ocupante. Acompanhá-lo enquanto tomava medidas, decidia novas cores, providenciava novos móveis. Sem se dar conta de que se apropriava de tudo o que fora meu. Antes mesmo que a mala entreaberta tivesse sido completada com a camisola e a escova de dentes. Antes que eu tivesse partido, a casa traidora se entregava a outros donos. Não havia mais como ficar. A casa me expelia definitivamente. Minha única possibilidade sem alternativas era ir-me. Para onde?

• • •

Voltamos cansadas, cochilando, no rebolado sacolejo do velho carro. O Seu Profio nos devolveu ao Palace Hotel, em Bom Jesus. Que luxo, comparado ao hotel de Ibotirama. Um quarto para as mulheres e outro para o menino. Com paredes inteiras separando-os: onde só a voz dos galos atravessava os muros cocoricando alto.

Foi o Guarany quem nos convenceu a abandonar o gaiola. O barco não pára onde se quer. Nem o tempo de que se precisa. Sugeriu que tentássemos encontrar um outro, com mais autonomia, para a coleta de informações e de material para a exposição. Há muitos que descem o rio levando mercadoria e comprando gado. Alguns são de barqueiros conhecidos. Deveríamos viajar numa embarcação menor, mais perto do rio. Com mais calma. E tinha razão.

Seu Profio veio nos buscar cedo na manhã seguinte. Às seis, depois de tomarmos o farto café do Palace, com inusitadas delícias, pão fresco, frutas, queijo quente. Luxo mesmo.

Bom Jesus dormia ainda quando partimos.

Em Santa Maria das Vitórias não foi difícil encontrar o Seu Gilson Fernandes, dono da próxima barca a descer o rio. É um alagoano grande que, apesar dos cento e seis quilos do seu corpo, da seriedade natural e da que as barbas negras lhe conferem, escondendo o seu sorriso de bons dentes, tem apenas vinte e cinco anos. Não parece. Ninguém acredita que um homem tão grande possa ser tão novo. Impõem respeito a barba e a gordura. Sinais de maturidade. Tratamos com ele levar-nos daí em diante até Juazeiro, onde ele mora. A passagem de nós quatro pelo preço global de setecentos cruzeiros. Com alimentação.

Sua barca pintada de azul tinha uma cabine na proa. E, na popa, um arremedo de banheiro e de cozinha. O resto era aberto, sem paredes, com uma cobertura feita de tábuas pintadas com a mesma tinta azul, forrada com folhas de zinco. Estava carregada de sacas de produtos, com as quais ia negociar pelo caminho. Um reboque vazio se atrelava à popa. A barca do Seu Gilson chamava-se Paulo Affonso. Nela chegamos com muitas malas.

Entre a margem e a borda da barca o único meio de acesso era uma tábua, de uns trinta centímetros de largura. Uma das extremidades se apoiava no barranco e a outra na borda da barca. Lembrei do meu pai me ensinando a fixar os olhos no ponto para onde se vai, sem olhar para baixo, e deixar que os pés nos levem. Eles sabem como alcançar o outro lado pelo caminho mais curto. Como quando se desenha.

Fixa-se a ponta do lápis num ponto e olhando para o outro ponto, onde a linha tem que chegar, o traço sai reto.

Os homens na margem, e os da barca, pararam o que faziam e ficaram olhando o embarque com ar de troça. Esperando o tombo. Não se ofereceram para ajudar. Não queriam perder o possível espetáculo. A tábua vergava com o peso. O balanço dos passos aumentava a instabilidade. Mas conseguimos passar. E chegar ao outro lado sem cair ou deixar cair nada.

Seu Gilson ofereceu para que guardássemos tudo o que trazíamos no seu camarote, o pequeno quarto vazio da proa. O que aceitamos. Pouquíssimo viemos a usar de quanto levávamos de roupa. Duas camisetas, dois *jeans*, que se alternavam para serem lavados. Esquecíamo-nos de que tínhamos bagagem. Sem espelhos, sem preocupações com o nosso aspecto. Abolida qualquer vaidade.

Tivemos que comprar uma rede para cada um. A rede seria a cama e o quarto, pendurada das traves da barca. Carece de agasalho, à noite baixa a temperatura no rio, nos disse Seu Gilson. Diz que uma manta grossa de algodão basta. Compramos umas tecidas em tear.

Santa Maria repetia sua alegria. A feira sadia, abundante, seguia exibindo verduras, frutas, galinhas, porcos, redes, potes de barro, rolos de fumo, gamelas de madeira, selas para os cavalos. Foi irresistível a tentação de comprar uma dessas selas, cujo santo-antônio de couro, todo trabalhado em relevo, era um capricho caipira. Novamente comentamos o contraste entre Bom Jesus, com seu amontoado de doentes, de miseráveis, de exploradores e de supersticiosos, e Santa Maria, com seu movimento e vitalidade.

Gisela nos levou a casa de um pintor, conhecido de viagens anteriores. Carloman, pintor de anúncios, de placas e de letreiros. Foi quem fez a Via-Sacra da igreja de Santa Maria. Morava numa casa arejada, de piso cimentado e brilhante, cheia de plantas pelo chão e penduradas do teto. Frescor e perfume de capela. Não estava em casa, mas veio depois nos procurar na barca.

Carloman chegou de bicicleta, quando já estávamos por partir. Veio com a mulher, moça e franzina, na garupa. Ele é alto, alourado, usa um topete sobre a testa larga e tem grandes olhos, que me pareceram claros. Tipo cinematográfico de mocinho dos anos trinta. Vestido num macacão sujo de tinta, para não deixar dúvidas quanto ao ser pintor. Fala do seu trabalho com um orgulho e um entusiasmo tão rasgados, se auto-elogia com uma inocência à beira da cretinice. Chega a ser uma figura bonita, o Carloman. A mulherzinha dele, mocinha e apaixonada, pede a ele que cante. Como se estivessem combinados. Ela representando o seu papel no musical do Carloman. Aquiescendo ao pedido dela, ele passa por mim, imponente, me afasta com o braço, e vai-se instalar à porta da cabine do comandante. Quer mais espaço. Quer palco para sua função. Sem a menor cerimônia e para satisfazer o "nosso" pedido, diz que só sabe cantar músicas do Vicente Celestino ou do Aguinaldo Rayol. Não consigo discernir se está se divertindo às nossas custas ou se age seriamente.

Escolhemos *Coração Materno*. Compenetrado, pigarreia, põe a mão espalmada no peito e começa a recitar a introdução falada, como no disco antigo da RCA Victor, incluindo o anúncio da Casa Edson, Rio de Janeiro. Imitando a voz metálica do Vicente Celestino, irrompe naquela tragicômica gargalhada que antecede a música e, a plenos pulmões, solta um *Coração Materno* como poucos. Faz gestos de prima-dona. Altaneiro, embevecido com o próprio talento. Estamos todos ansiosos por rir. Nos entreolhamos, indecisos, aflitos, contendo a iminente gargalhada. Os tripulantes da Paulo Affonso riem abertamente. Seu Gilson que, obviamente, não gosta do Carloman, manda suspender a prancha e interrompe o *show*, o cantor é obrigado a se despedir. Desce da barca com a mesma incrível afetação e segurança, levando a mulherzinha pela mão. Monta na bicicleta que assume ares eqüinos. Pedala com a dignidade de um cavaleiro, sua dama a tiracolo. É realmente extraordinário. Seu Gilson recolhe a prancha de madeira. Ergue-se a ponte levadiça que permite a entrada e a saída do seu barco.

• • •

Iniciamos a viagem pelo rio das Correntes. Das correntezas. O encanto da viagem começa no imprevisível dela. Nunca se sabe onde ou quando se vai chegar. A barca desce com o rio. A água é límpida e o rio cheio de curvas. Como uma estrada na montanha. Cada recanto de margem é substituído por outro ainda mais bonito. A vegetação se inclina sobre a água, com ela brinca e se abraça. Os galhos molham as pontas dos dedos. A água foge, encrespada. Passarinhos cantam pelos tufos verdes, pelas árvores. Ao contrário das do São Francisco, as bordas do Corrente se derramam verdolengas e ensombradas rio a dentro.

O rio corre veloz, mas nossa barca é lenta. Paradora. Vai interromper muitas vezes seu trajeto na esteira líquida que a arrasta. Sem pressa. Sem tropeções. Não escava o seu caminho no rio, deixa-se ir. Levada. Como se estivesse de patins. Serena.

A primeira parada se dá numa moenda de cana. Passamos por outras à beira do rio, mas paramos na do Seu Rolando. Não é Rolando, o furioso, o que se atira no vulcão, no Rodderberg e morre, quando, de volta das cruzadas, descobre que a sua amada tinha sido posta num convento. É um Rolando manso, capiau. Nunca ouviu falar no outro. Jamais se mataria por amor. Seu bigodinho ralo, pequeno, desce, quase dentro da boca, fora do lugar. Descentrado, mais para a esquerda do rosto. Dá-lhe um ar cômico e patético. Entre o bigodinho ridículo e as sobrancelhas, que são espessas, simétricas e volumosas, se encontra a surpresa de um par de olhos desconcertantemente azuis.

Atrelado à nossa barca está um bote cargueiro. Na moenda de Seu Rolando o pessoal da barca vai buscar bagaço de cana para entulhar o fundo do bote. Preparam o reboque para receber os bois que vão comprar em Porto Novo.

Aparece uma mulatinha que repreende os homens com energia. Antes de pegar no bagaço tinham que falar com o dono da cana e não com a "muié", que é empregada dele. A mulata é jeitosa e moça. Percebe-se que o patrão lhe confere autoridades excepcionais.

Seu Gilson subiu a ladeira de areia grossa, seca, que rangia sob o seu peso. Ia à casa do fazendeiro se explicar. Foi então que, seguindo atrás, conhecemos o bigodinho do Seu Rolando. Seu Rolando se diz amigo do Senador Luiz Viana. Nos acha muito simpáticas. Nos promete mandar uma canga velha que encontramos jogada no terreiro. Uma peça encerada pelo uso, linda. Não quer vendê-la. Diz que nos dá de presente. E que manda a tempo de ser colocada na exposição. Seu Gilson cochicha que ele manda nada. Diz que conhece a falsidade do bigodinho (e realmente jamais a recebemos). Mas de presente ganhamos rapadura, para nós e para os homens do barco.

O filho da preta velha, da "muié" empregada do bigodinho, foi cortar cana e cortou o dedo com o facão. Veio com a ponta do dedo pendurada, quase a cair fora. Pusemos mercurocromo e enfaixamos o dedo no lugar, com a gaze que levávamos. Pareciam não ter nenhum recurso, mesmo para um caso de pequeno acidente como esse.

Da fazenda do Seu Rolando seguimos para Porto Novo, onde chegamos no fim do dia. Pela primeira vez, dormiremos nas nossas redes. Ao escurecer amarra-se o barco pelos barrancos. Não se deve viajar à noite. Há vários perigos: os bancos de areia, os tocos de pau, traiçoeiros, que furam os cascos dos barcos. E outros, mais fantásticos, como as mães d'água e seus caboclos. As pessoas se sentam à roda para ouvir e contar histórias. De onças, de macacos espertos e de almas penadas. Ou dos personagens mitológicos que povoam o rio. Mães d'água, minhocões, capetinhas, e muitos outros monstros, mais ou menos terríveis, que perseguem as pessoas e lhes fazem mal. Há animais gigantescos e peludos, de enormes dentes, que atacam as embarcações à noite e comem gente. Há peixes imensos, como o surubim-rei, que tem mais de trinta metros de comprido. Provoca naufrágios. E derruba a terra das margens sobre os barcos que passam. A mãe d'água é a única entidade sedutora, de cintura fina, esbeltas formas perfeitas, revestidas apenas com os fios dourados da vasta cabeleira. Protege os amores das moças que lhe dão presentes. Pode se apresentar também como uma sereia. Tem olhos hipnóticos e voz fascinante. Seduz os barqueiros bonitos, de preferência os mocinhos. Generosa, quando troca de amantes oferece ao que despede grandes riquezas.

As condições primitivas da vida dos habitantes do rio favorecem explicações sobrenaturais para cada acontecimento ou ameaça que os assalte: naufrágios, afogamentos, encalhes. Essas crendices foram, muitas vezes, interpretadas pelos escultores das carrancas, que emprestavam às suas figuras hediondas o aspecto de seus temores, com a finalidade de assustar as entidades malignas e os duendes imaginários. Como nas tradições chinesas, em que um espelho é colocado à porta das casas para despachar os maus espíritos, espavoridos ao se depararem com a própria imagem, as carrancas pretendiam também afastá-los, causando-lhes o mesmo susto que causavam eles aos homens.

Nossa barca, em repouso, nem balança no meio da escuridão salpicada de grilos e de vagalumes.

• • •

53, Rodderbergstrasse – a rua da montanha vermelha, a rua do vulcão extinto. Minha casa nova, na cidade onde cheguei num domingo, tem um sótão. Vê-se a montanha pelas janelas da frente. E, pelas do fundo, outra montanha, para além do rio. O Reno. Mais uma vez começo a identificar os caminhos por onde passarei. Trajetos. Arredores. Horizontes. Vou-me apossando deles pouco a pouco. Não falo a língua local. Não conheço as pessoas, nem mesmo os vizinhos mais próximos. Mudou tudo outra vez. Frio, umidade, árvores sem folhas, neve pelo chão.

Quem estiver morando na casa anterior, a que eu deixei para vir para cá, estará como eu quando cheguei. Examinando tudo. Vai achar a sala boa, espaçosa. Vai ver o mar, se chegar até a janela que era a nossa. E a colina. Na primavera, as *bauhinias* cobrem-na de flores. Nos domingos vai sair de barco com os amigos que foram os nossos. Vai percorrer os nossos caminhos na montanha. Vai colocar o sofá para sentar-se no mesmo lugar onde nos sentávamos. Vai dormir no quarto em que dormíamos. Tomar banho no banheiro recoberto com pastilhinhas marrons. Banheiros geralmente são azuis, ou verdes, ou cor-de-rosa. O nosso lá era diferente, cor de charuto.

Ai, como são ingratas e infiéis as casas. Quando, pela última vez, se vai de cômodo em cômodo, para ver se não se esqueceu de nada. Quando as marcas mais claras na pintura das paredes denunciam a retirada dos quadros e dos móveis, rápidas lembranças, como *flashes*, passam pela cabeça. O sofrimento que provocou a lágrima. Ou o que fez rir, cantar, dentro daquela casa. Até mesmo a poeira dos cantos foi varrida. Quando se fecha a porta e a chave se torna uma proibição, assume-se o irreversível da partida. Como um amante, a cuja intimidade se tivesse entregue corpo e alma, de repente não lhe conhecesse mais. Assim a casa hostiliza, expulsa. Estranha e impenetrável. Como se nunca se tivesse existido dentro dela.

Ou somos nós os ingratos, os infiéis? Os que partimos? Tão irrevogavelmente muda a minha vida em tantas outras vidas diferentes. Qual delas é a verdadeiramente minha?

A casa nova era branca, e tinha um telhado alto, testudo. De ardósia. O sótão, no começo, encantou, mas logo assumiu conotações vampirescas. As ruínas do Castelo de Siegfried, vistas da janela do quarto, me pareceram de uma beleza romântica. Depois, soturna. O vento que soprava um hálito de lenda, e logo de desgraça, trazia o ruído surdo dos trens que correm ao lado do rio. A casa ficava entre duas histórias, a de Rolando e seu vulcão e a da montanha do Siegfried. Entre passadas tragédias e fantasmas ilustres me instalei. Prazerosa.

Ainda estava vazia quando entramos. A casa. Sem móveis. Nossas bagagens chegariam algum tempo mais tarde. Havia apenas uma cama num quarto e o fogão, na cozinha. O roncar das máquinas para o aquecimento subia do porão, como se de um navio. Mais um provisório navegar. Ou como o confortador ronronar de um gato.

Era um domingo bonito, fazia sol. Trazíamos três malas e o cão. Pousamos as malas na entrada. E ainda de pé, na soleira da porta, ouvimos o baque na rua. Como um coco se abrindo. Um eco de riso ficou pela sala enquanto corríamos para fora. Nosso cachorro morria, colhido por um carro que passava. A gente ama muito aos cães. Talvez seja porque eles nos recebem sempre com alegria. Talvez porque nos amem incondicionalmente, com a fidelidade e a gratidão que as casas, por exemplo, não têm. Ou as pessoas.

A rua calma, que me parecera merecer uma fotografia, transformou-se em cartão postal vagabundo, com a fina luz de inverno dourando enjoativamente as árvores desgalhadas. Mal chegávamos. Era domingo. Eu não falava alemão.

Os cães são os mais perfeitos companheiros.

• • •

Nossa primeira noite na barca e na rede. Um bojo dentro de outro. Depois do sol sobe do rio um frio agudo que impede o sono. Atravessa a rede grossa e vem ferir as costas desprotegidas. Os ombros tensos. Não há como esquentar a curva daquela cama. Não há como abrigar-se em outro cômodo. Não há lareira para acender. Ou um cobertor a mais para enrolar nos pés gelados. Longa é a noite insone. Quando o cansaço faz, não dormir, é mais desmaiar, a claridade vem e se instala sem cerimônia. Nada se pode impedir ou controlar. Tudo nos subjuga.

No barco trabalham seis homens: Dedé, Benjamim, Firmo, Renato, Joãozinho e Jacó. E a Dona Alzira, uma preta calma, que se ocupa da cozinha. Esse é o primeiro despertar coletivo e público da minha vida. Não me parece tão insólito. Abro para o dia uns olhos marcados pela noite mal dormida. Mas contentes.

Entre a proa e a popa, no espaço carregado de sacos de farinha, de milho e de rapadura, nesse meio é o nosso dormitório. Ao ar livre. Onde mal dá para estender abertas as nossas redes.

De manhã a fome nos leva à popa, onde está a cozinha. Com a água do rio se escova os dentes. E se faz o café. Cozinha-se o angu de farinha de milho e, mais tarde, o feijão para o almoço. O angu me provocou náusea. A massa arenosa, amarelada, de gosto indefinido, não me passava da boca. Seu sabor produzia movimentos inversos no tubo digestivo. Em vez de levarem-na do esôfago ao estômago, ondas sucessivas de engulhos mantinham-na entre a glote e os dentes. Tomei o café ralo e resolvi esperar pela próxima refeição. Mal sabia que daí a dois dias, a fome ensinar-me-ia a gostar do angu e até a repeti-lo depois.

• • •

Porto Novo é uma ruína só. De novo só o nome. Além disso, pobrinha, pobrinha. Fomos descobrindo as ruas de areia seca percorrendo-as em desordenado ziguezague. Pessoas sentadas à porta das casas respondiam aos nossos cumprimentos com um abreviado "boa" – significando boa tarde.

Em um tempo passado Porto Novo deve ter sido realmente novo e ter vivido uma época de prosperidade e fartura. Os velhos sobrados datando de 1900, 1913, embora caindo aos pedaços, ainda conservam ares de opulência e dignidade. Em algumas fachadas desbotadas se vêem caprichosos adornos. Recortes geométricos, relevos em estuque, gregas, grandes asas estilizadas, lembrando patos ou andorinhas em pleno vôo.

A praça principal é bem proporcionada e ampla. Seria bonita, não fosse a recente construção do Grupo Escolar, bem no centro. Construção pobre e feia, que a deforma. Na parte mais alta, pois a praça está num desnível, fica a igreja. A fachada amarelo forte contrasta com o verde garrafa das janelas. No alto da torre, um galo de ferro pintado de vermelho gira sustentado por uma seta azul.

Galos em torres de igrejas sempre me lembram de um filme francês, em que um aviador, durante a guerra, num vôo rasante, ao metralhar uma aldeia, vê que matou uma criança. Sofre em seguida um acidente e fica desmemoriado. Considerado doente mental, vai viver com a enfermeira que o tratava, numa cidadezinha nos arredores de Paris. A moça saía para trabalhar. E ele, nas suas andanças solitárias pela cidade, encontra uma menina órfã, de onze ou doze anos, por quem platonicamente se apaixona. Aos domingos, fazendo-se passar por um tio, retira a menina do orfanato para passearem juntos pelo bosque perto da cidade. Ele não conhece o nome da amiguinha. A pedido dela, rouba o galo de ferro da torre da igreja para dar-lhe de Natal. E ela promete dizer-lhe então o seu nome. No momento em que vão trocar os presentes, numa cabana abandonada, nas imediações do bosque, o rapaz é morto pelos habitantes do lugar, temerosos de que ele vá atacar a menina. O filme se chama *Les dimanches en Ville d'Avray*.

Quando estive na França quis conhecer Ville d'Avray. Fica à beira de um lago circundado pelo bosque, onde os personagens do filme se encontravam. Muito antes, o lago e o bosque foram pintados por Corot, em quadros úmidos e cinzentos, cheios de melancolia, tristes como a história dos domingos.

Aqui em Porto Novo, não há bosques nem lagos. A grande água é o rio. Para o seu fundo rolam toda a umidade e a penumbra desses arredores.

Um preto velho, simpático e conversador, nos levou a sua casa. De cara alegre e olhos moços, apesar das muitas rugas, da barba e dos cabelos brancos. Uma boa figura de homem. A casa dele, grande, era despida e pobre como uma cela. Quase sem móveis: uma mesa tosca, um banco, esteiras. Seu Pedro Ferreira de Matos queria que admirássemos as paredes da sua sala. Seu orgulho. Murais feitos a lápis de cor ilustravam os quatro lados. Na parte mais alta da parede principal, a que se via logo ao entrar, estava escrito "Deus esteja nesta casa". Mais abaixo as iniciais do autor, PFM.

Gostava de retratar meninos com cachorros, jacarés, tartarugas, enormes peixes. Numa das laterais, um fazendeiro com a mulher e os filhos. Os meninos colhiam cajus. Autoretrato? A seqüência de ingênuos desenhos dava volta à sala, numa original ciranda de figuras.

A mulher dele, muito clara, branquinha, nos dizia que tinha sido rica, bonita e zelada. Era custoso acreditar. Ria muito, em i-i-i, parecia fora de si. Tinham uma filha adulta que não falava. Apenas ria um riso desdentado, mostrando uma língua gorda que, sem os limites dos dentes, ocupava toda a boca, brilhando entre as gengivas rosadas. Também maluquinha.

A cidade, apesar de paupérrima, é encantadora. Não tem nada, ou quase nada. Dois ou três botecos. Uma única padaria. O padeiro toca violão nas horas vagas. Uma única barbearia, com uma única cadeira de pau no meio da sala em que o chão de cimento e as paredes descascadas aumentam a sensação de vazio. Uma loja vende tecidos, chitas, algodões baratos, correspondendo ao gosto local, exageradamente coloridos e floreados. Uma velha artesã faz gamelas de barro para as cozinhas mais prósperas.

É miséria mesmo, por todo lado. É quase como na Índia. Uma pobreza que parece irreversível. As crianças sofrem de uma escuridão de fome e subnutrição. Quando nos vêem com as máquinas fotográficas, o gravador, os cadernos, anotando coisas, nos perguntam que ajuda vamos trazer para eles. E a nossa incapacidade de ajudar nos faz mal. Porque sabemos que essas fotos vão ser alinhadas numa exposição somente pelo seu valor artístico. Vamos mostrar a miséria deles enfeitada, em tecnicolor, através de filtros especiais.

Miséria bem apresentada. Bem iluminada. Em belas montagens, numa bonita sala. Para ser admirada. Dramático pano de fundo para as carrancas do São Francisco. As pessoas sensíveis pararão encantadas. Beleza de fotografias. Com que lente foram tiradas, com que abertura, qual o filme?

Nenhuma ajuda virá. E lá estarão as autoridades abrindo a exposição com discursos. Bebericando vinho branco. Aproveitando a oportunidade para conchavos políticos. Preocupadas com a subversão. Com a próxima nomeação. Enquanto os olhos deles, dos pobrezinhos, mesmo das fotografias encararão esse público displicente com a sua cobrança muda. O que é que vocês vão fazer por nós? Incômodos, indagadores, acusadores.

Que ajuda vocês vão trazer pra gente?

...

Onde a barca encostou há muito movimento. Ao preço de um cruzeiro se pode ouvir uma música pelo alto-falante, ou oferecê-la a alguém. Os discos são poucos e o alto-falante rouco chia e estala sem parar. As músicas são sempre as mesmas. Não-sei-quem dedica não-sei-o-quê a não-sei-quem, com afeto e consideração. Que de amor não se ousa falar nessas paragens. Ainda mais assim desse jeito, quando a cidade toda ouve o anunciado.

O parentesco entre os habitantes de Porto Novo deve ser freqüente. Ou o compadrio. As crianças, ao nosso redor, em séquito espontâneo, fascinadas, volta e meia pedem "a bença" a alguém que passa, que responde "ti abençôi".

Seu Pedro tem um jipe caindo aos pedaços. Quando pára, todos os passageiros têm que descer para empurrá-lo.

Como um burro teimoso, de vez em quando empaca. É o filho quem dirige o jipe. Para nos levar à fazenda deles, onde há uma moenda de cana. A garapa é tomada na hora, tirada morna como leite de ubre, espessa. O cheiro é forte, quase enjoativo. Os bois, interminavelmente arrastando a canga, giram e fazem girar a mó que faz moer a cana. Milhares de abelhas e de moscas zumbem incessantemente em torno do bagaço esmigalhado, que atapeta o chão. Afanosamente disputam um lugar na borda dos tonéis cheios do líquido espumante. Seu Pedro produz uma cachaça deliciosa: "Me leva que eu não posso ir". Nos oferece rapadura muito dura, doce de doer nos dentes. Mas compramos da sua cachaça, transparente e límpida, cristalina na garrafa.

Na fazenda do Seu Pedro a árvore mais imponente é uma paineira. Imenso buquê cor-de-rosa. Monumental prenhez. Achei no chão uma fava cheia de sementes. Trouxe-a comigo para plantar em Brasília. Quem sabe o cerrado aceitaria essa filha do sertão? Mas não sei se as sementes se negaram a germinar ou se a terra azeda do nosso sítio não acolheu devidamente as estrangeiras. Nenhuma vingou.

Dei do papel de desenho que trazia ao Seu Pedro. E ele me devolveu o papel desenhado com aquelas figuras dele. Mas no papel perdiam a frescura e a graça dos murais da casa. Além do que inspiração não é pão cotidiano. Não é para quando se quer.

• • •

Pode-se ver que Porto Novo teve uma época de importância. Talvez durante o sucesso do fumo. Nota-se a riqueza passada nas fachadas das casas dos vivos e nas casas dos mortos. No cemitério, meio abandonado, pouco cuidado, pouco visitado, o mato cresce alto em volta das sepulturas. Como se não morresse muita gente hoje em dia por aqui. Algumas testemunham antigas farturas. Chamam a atenção. Embora desbotadas e sujas, se erguem, nobres mendigas, por entre outras mais recentes, rasas, pintadas de azul forte ou mal caiadas. Flores amarelas trepam por cima de cruzes caídas e quebradas. Teriam sido seus ocupantes os donos daqueles sobrados mais requintados? Túmulos e palácios sertanejos, agora decrépitos, teriam pertencido aos mesmos abastados senhores? Sobre alguns deles vi pequenas coroas de flores de metal, escurecidas ou enferrujadas pelo tempo. Lembrando muito as que enfeitam as sepulturas mais antigas do cemitério Père Lachaise, em Paris. Onde os turistas passeiam, à procura de mortos famosos. De Heloísa e Abelardo, os eternos apaixonados, juntos só depois de mortos. Chopin, Proust, Allan Kardec, Max Ernst, Isadora Duncan, e tantos outros que, menos populares, não deixaram registro público.

No centro do cemitério de Porto Novo há uma grande capela abandonada. Nos disseram que ali repousava uma mulher muito rica. Que vieram uns homens e quebraram tudo. Não se soube quem eram. Se meros ladrões ou vingativos deserdados. Ninguém sabe por quê.

É interessante também encontrar aqui várias reminiscências asiáticas. A semelhança da construção dos túmulos mais antigos com a das *stupas* indianas, por exemplo. De uma base quadrada e larga, parte uma espécie de cúpula que vai afinando até terminar em forma de agulha. Ou a dos portões, como os da fazenda do Seu Pedro, como as portas e os portões chineses que vimos em Macau. Dois grossos moirões com orifícios eqüidistantes e simétricos por onde deslizam os paus roliços de uma tranca. Os que vimos na China, às vezes mais sofisticados, de madeira tratada e envernizada, regiam-se pelo mesmo princípio. Terão sido herança portuguesa, idéias trazidas de tão longe para serem repetidas aqui? De Macau para Porto Novo?

No caminho do cemitério havia uma choupana. Paredes de barro, teto de palha. Ao lado da porta, encostado à parede externa, um banco tosco, feito com dois paus e uma tábua. Não tem nada dentro da casa, nada além de esteiras velhas. Uma mulher de cara bonita, chegada há pouco na cidade, está sentada. Tem sete filhos, alguns pendurados nela. A miséria é total, mas não só a mulher não se queixa, como transmite uma sensação de paz e conformidade, quase de alegria. Alegria de estar viva, com saúde, e "junto" – junto com os filhos, junto com o marido. E eles com a mulher. São as únicas possessões uns dos outros. Só têm para vestir-se uma roupa, a do corpo. Lavam-na enquanto se lavam no banho de rio. No corpo mesmo ela seca. E com ela dormem. Para comer, mal, nem sempre o de cada dia. Falta até o indispensável. Mas o companheiro é bom, ela diz: "nunca alevantou a mão pra me bater".

De uma passividade bovina, aceitam totalmente o destino maldito que lhes cabe, sem protestos ou tentativas de mudá-lo. Na conformidade de quem não tem o que perder, o que desejar. É aflitivo vê-los. Não ousam nada. Por que não querem, por que não sabem, ou por que não há o que ousar? Saberão inútil qualquer desejo? Tudo se reduz a eles próprios, aos seus minguados corpos, à companhia que se fazem, ao calor que se dão. As poucas pessoas que habitam aquela cabana estão circunscritas às próprias peles. E essas mesmas reduzidas a um mínimo. Mesmo a carne, despojada de qualquer gordura, entre as peles e os ossos, é pouquíssima.

E a mulher arremata a conversa dizendo: "tem pessoas aí que não têm nem isso que eu tenho".

Maldito será o nosso desejar sem fim?

• • •

Naquele domingo ia ter vaquejada. Disseram que era só treino. Não era uma vaquejada para valer. Fomos ver.

A pé andamos uns dois quilômetros. Chegamos a uma área cercada, uma espécie de arena retangular. Feito com os mesmos paus roliços da cerca, um corredor apertado desemboca nessa arena. É por ali que os bois saem, açodados e cutucados pelos picadores. É tão estreito o espaço entre as duas carreiras de paus que mal dá para o animal passar. Um boi maior caiu de focinho no chão e não conseguia se levantar, espremido no estreito corredor. Os homens espetavam-no com a ponta aguçada das varas. Tapavam-lhe as narinas, para que, sufocado, se sentisse obrigado a escapar dali. Davam risadas. O bicho, inerte, perdia a força, rendido. Inutilizado pelo espanto. Maltrataram-no de todas as maneiras. Deram-lhe pontapés, cutucaram-no com as varas, e ele lá. Muito mais forte e sem ousar qualquer reação. O boi nem se mexia. Primeiro resmunguei, depois protestei alto. Um bando de homens metidos a valentes judiando de um animal naquela situação. Valentia fácil a deles, com o bicho encurralado. Que tirassem o boi sem humilhá-lo. Deviam ter era vergonha do que estavam fazendo. Os homens se surpreenderam. Encabularam-se com os meus inéditos comentários e trataram de levantar o boi com menos crueldade. Devem ter-me achado ridícula.

É num repente que o boi se solta produzindo uma explosão de poeira. Escapa do estreito corredor para a arena retangular. Dois vaqueiros a cavalo, vestidos de couro dos pés à cabeça, disparam atrás dele. Mal se enxerga o que está acontecendo dentro da densa nuvem amarelada onde a luta se dá. Um dos vaqueiros tem que segurar o animal pelo rabo, e levantá-lo. O que faz com que o boi perca o equilíbrio e praticamente se atire ao chão. Onde o imobilizam.

A população da cidade devia estar em peso a espiar a faina. Havia gente encarapitada nas cercas, nas árvores e onde se pudesse de lá apreciar o acontecimento.

Depois da vaquejada sentamo-nos na praça a olhar para a igreja, cujo abuso de cores lhe dá muito encanto. A garotada veio brincar conosco e fazer perguntas. Tímidos, no começo, depois muito excitados, falando todos ao mesmo tempo. Um menino que nos seguira pela cidade, percebendo nosso interesse, nos contou que, apesar de ser domingo, não rezam mais missa ali. Não tem mais padre e a igreja vive fechada. O último que apareceu tomou um pileque, montou a cavalo e saiu em volta da praça gritando que só se o povo todo pagasse duzentos cruzeiros para a igreja é que haveria missa outra vez. O povo teve medo e não veio mais. E o padre, morador em outro fim-de-mundo, também não voltou. Assim, nem o povo paga, nem o padre tem que vir a Porto Novo. Mas o garoto diz que o padre é bom. Que estava só brincando.

O alto-falante seguia gritando as dedicatórias das mesmas músicas: *Preciso de Você* e *Folia de Rei*, as preferidas.

Se é de terra que fique na areia
Que o mar bravo não respeita a lei
Alegria em nome das estrelas
E folia em nome do rei.

Um cruzeiro por homenagem musical.

Em Porto Novo conseguimos comprar mais alguns objetos para a exposição: um malão de couro, uma roca, uma cabaça, vários potes e caçambas, que fizemos transportar para o alto do barco, sobre a coberta. Ninguém compreendia por que nos interessavam aquelas velharias. Queriam todos nos trazer objetos e qualquer coisa sem serventia que tivessem em casa. Queriam ajudar, oferecer mais, na sua pureza e falta de entendimento.

Tomamos banho no rio, enquanto a barca se preparava para partir. O rio é mesmo das correntes, empurra a gente, entre sério e brincalhão. Não se pode facilitar. A água carrega quem não se segurar com força na borda do barco.

...

Logo adiante paramos outra vez. No ponto em que o Seu Gilson devia embarcar o gado que comprara. No rio o tempo não é levado em consideração. Não há programa ou horário para nada. Toma-se o tempo que o tempo tem para levar a cabo qualquer tarefa. Sem preocupações, sem pressas, sem premeditações. Assim foi para embarcar o gado.

Primeiro encostou-se a barca, num local ideal em que a margem é um pouco mais alta do que o nível da água. No reboque, previamente forrado com bagaço de cana da moenda do Seu Rolando, vão acomodar os bois. Eles vêm pela mata. Numa curva do rio espera-os a barca. De tocaia. Os vaqueiros cortam galhos e cipós. Trançam um corredor parecido com o da arena da vaquejada. Mas este vai desembocar na barca. Gastam o dia inteiro para armar esse caminho, tecer essa armadilha. Desgalham as toceiras a machadadas, limpam o mato, alisam o chão. Constroem a trilha como se fosse para uso diário. Definitiva. Depois de pronta, vêm atiçando os bois, enxotando-os. Aturdido, o gado vai-se enrolando pelos cipós, forçando passagem pela única abertura que encontra. Passagem que, obrigatoriamente, os despeja na barca. É inevitável: vão dar ao chão falso, de madeira, disfarçado com capim, de onde, acuados e assustados, se precipitam, um a um, no reboque forrado com o bagaço de cana. Não há como escapar ou retroceder. Um a um vão caindo na armadilha. São trinta e dois. Apertadinhos, vão sendo arrumados pelos homens da barca, um para um lado, outro para o outro. Cabeça e rabo, cabeça e rabo. Até o último, o trigésimo segundo boi.

Nada mais bonito que o trabalho dos homens. Lenta e pacientemente vai sendo completado. Sem erro. A inteligência deles contra a força ignorante e ignorada dos animais. Depois de acomodados são amarrados pelos chifres a varas verticais. No fim da tarde luminosa, vaqueiros e barqueiros se juntam para comemorar a transação. Os homens de couro, da terra, com os homens de peito nu, do barco. No barco se reúnem. A pinga roda de mão em mão. E eles cantam repentes, versos simples que falam de amor, de cachaça, de vida e, também, de morte.

A mulher e a cachaça
são a minha perdição
A mulher trago na alma
e a cachaça no balcão.

Improvisam rimas e trocadilhos com facilidade. Às vezes cantam dois a dois, a duas vozes, às risadas. Crianças, entre contentes e encabulados, exibindo-se para nós, em quem descobrem uma platéia atenta e apreciadora.

Depois Seu Gilson segue viagem. Os vaqueiros, pela margem, acompanham o percurso da barca por uns bons minutos, cantando ainda o aboio. Vão tão longe quanto lhes permite a mata que vai se fechando em verde muro espinhento. Ouvindo-os, os bois no reboque mugem melancólicas respostas ao apelo que ignoram ser o último. A despedida dos seus já ex-donos.

Um pôr-de-sol extremamente luminoso e limpo é cenário para o fim do dia. E a lua aparece, fina foice cortando o céu.

• • •

A barca está cheia de sacos de milho, de farinha, de açúcar e de peles de carneiros para vender pelas margens. Gordos e fartos, a barca e seu reboque. Pesados. Somos quatro passageiros. Seis tripulantes, um maquinista, um piloto e uma cozinheira, nem sempre bem-humorada. Um gato viaja conosco. Preguiçosamente dormita o tempo todo. Na barcaça os trinta e dois bois de cria e de corte não adivinham que vão para Juazeiro, onde muitos irão para o matadouro. Pobres bichos. Tratados a pontapés. Mal podem se mexer, amarrados pelos chifres, com tensas cordas, às toras do curral fluvial. Sem entender nada do que lhes está acontecendo.

· · ·

Surpreendo-me com a descoberta de que se pode conversar com prazer com aquelas pessoas rudes, limitadas toda a vida àquele rio. Como estão perto da gente. O barqueiro, Seu Gilson. Os homens que trabalham para ele. Os vaqueiros. Os molequinhos das margens. Basta um sorriso e o contato brota imediato. Não é preciso muito para essa quebra do gelo, para essa sem-cerimônia. Será a vida na barca, que provisoriamente se reparte? A roupa que se lava, igualmente, no rio? O mesmo banho que se toma? O arroz escuro e mal lavado, o feijão duro, a carne de sol sebenta, que comemos juntos, irmãmente satisfeita a mesma fome? As conversas igualmente comuns, sem preocupação de brilhar, de competir, de contradizer, de interromper, de provar erudições? Tudo acontece igual. Muito simples e naturalmente. Como a noite que vem baixando no rio. Escura. Pouco a pouco mesmo o vulto dos bois vai se vestindo de negro. Imperceptivelmente.

Ambrosina, antes de nós, sabia que a vida é amável. Ela quem nos ensinou.

A noite nos cobre de frio. Muito frio.

· · ·

Amanheceu nevando. A tênue camada branca amortalhando as coisas. A paisagem ainda intocada na sua alvura porque é de manhã e nenhum pé deixou marca na primeira nevada do ano.

Eu não queria mais voltar ao mundo gelado, ao vento cortante, às contrações nos ombros, à insensibilidade dos pés, à rigidez dos dedos. Isso me envelhece e inutiliza. Eu detesto isso, essa beleza fria e inexpressiva, sepultada e incolor, esse inverno que não me pertence.

É voltar a sustentar nos braços inexperientes e desarmados o mesmo detestado sofrimento. Obrigar-me a malabarismos que me esticam cada vez mais longe, em busca de um equilíbrio que os músculos não têm elasticidade para alcançar. É estar outra vez vulnerável a todas as dores do mundo. Tenho medo, medo do frio, da neve, do isolamento que eles me impõem. Medo de recuar dentro de mim sem encontrar refúgio mesmo nos meus ossos. Até eles trespassados, sem proteção. O frio dói, machuca, resseca. Eu detesto esse frio que me fere, me descasca, me desnuda, contra o qual tenho que me defender. Porque ataca até no mais profundo de mim mesma. Persegue-me pelas ruas, me aniquila. Quero o calor que me transfigura, me aquece, me permite ser eu mesma. Quero a pele livre para o sol, os poros abertos para a vida. Mas é recolhimento, contração, retraimento, de corpo e alma, o que me espera nesse inverno alemão.

Entre o passado e o que vem, tudo se repete. Decididamente evito aprofundar-me no exercício interior de descobrir-me. Por puro medo do que vou encontrar. Mas sigo lixando a superfície gasta das coisas, mesmo sabendo que posso ter uma surpresa – a de estarem vazias por dentro. As coisas ou eu mesma? Puro medo de perder o que ainda resta, acomodado? Que barreira me impede de forçar essa intimidade comigo mesma? A incapacidade de ser neve nova imaculada, cobrindo tudo, esquecendo as flores passadas, perdoando-as? A certeza de que essa neve branca, que caiu hoje, guarda por baixo uma camada de folhas, de frutos, de detritos, do verde que foi doce, apetecível? Lama e podridão na próxima primavera.

Se compreender é sempre um erro, como diz a Clarice, e amplo e livre é o não entender, para que buscar esclarecimentos? Mesmo sobre o que se é ou o que se sente, ou o que se deseja, ou o que se vive?

A dor faz recuar, instintivamente, como o frio. Faz contrair-se. Doem-me as mãos geladas, portanto, feridas. Tudo foi sempre dor. Para o sustento, a dor. Para a sobrevivência, a dor. Qualquer sentimento, dor. Escondi-me sob frágil cobertura. Desabou e aqui estou outra vez desprotegida, afrontando todos os frios. Esboço desnecessários gestos de defesa. Desastrados, resultam em quebras irremediáveis nas estruturas que ensaiam uma reconstituição. Invalidam as recém-trocadas promessas. Melhor ficar imóvel. Numa indiferença que disfarce a angústia. Do que realmente é importante não se sabe falar. Não se pode. Ninguém entenderia, mesmo se ouvisse. Ser autêntica é ser ingênua, pura tolice. Tenho medo dos outros e faço-me temer. Perco a candura para não ser rotulada de fraca. E a alegria. A alegria. A alegria. Meu Deus. Não sei mais ter alegria. Isso sim é um pecado sem remissão. Porque ter alegria é ter o máximo de si mesmo.

Preciso viver essa bênção diária de poder mudar, de poder ser outra. O eu que fui em Moscou, o eu que fui em Nova Iorque, em Hong Kong, em Bonn, morreram todos. E a saudade de eus mais remotos, que esses outros sobrepuseram, sepultaram, um a um, deixando apenas o eu-incógnita, que venho sendo agora, é, às vezes, quase insuportável. Tão insuportável quanto imprevisível o eu para amanhã. Eu. Forte e impotente como os bois.

• • •

Não se pode viajar à noite. Não se deve. Já umas cinco vezes encalhamos durante o dia. Isso retarda demais a viagem. O processo de sair de cima dos bancos de areia é lento e muito primitivo. Os homens têm que fazer uma força desmedida, empregar todos os seus músculos para lograr desalojar a barca teimosa do choco a que se entrega. Os varejões de madeira são grossos e ferem os ombros dos homens quando os usam como alavancas por baixo da quilha. Criam-lhes grandes calos ao mergulharem e emergirem, vinte, trinta vezes com a tora apoiada no ombro. Até conseguirem fazer com que a barca se mova. Cada vez que se levantam da água, que lhes bate quase na cintura, os homens lançam uma espécie de grito, ritmado como um canto de guerra, que uniformiza os esforços de todos.

Tenho pena dos homens. E também imensa pena dos animais no reboque. A soalheira queima seus focinhos ressecados. As pálpebras começam a se escamar ao sol. Não se mexem. E, no entanto, qualquer arremesso deles derrubaria o improvisado curral. Poderiam cair n'água e fugir nadando, mocinhos de um filme ecológico. Dando marradas e patadas em seus perseguidores. Mas seguem ali, como cegos. Impassíveis. Ignorantes de suas possibilidades de libertação. De onde lhes virá essa domesticidade, essa resignação? Esse deixar-se dominar?

Nossa vida na barca tem aspectos de eternidade. Não sabemos dia ou hora. Estamos vivendo sem antes nem depois. Presos e acomodados como os bois. Dorme-se. Come-se. Seja dia, seja noite, as horas se parecem, se repetem. Iguais o hoje e o amanhã. Não temos muito o que fazer. Os refolhos do rio se desdobram na sua mesmice. As cores de cada fim de tarde, as mesmas de ontem, dispõem-se hoje diferentemente no céu incandescente. Mas o pôr-do-sol, embora único, é sempre o mesmo. Como o amanhecer, quando o acender da luz nos desperta. E a gritaria dos pássaros. Os grupos de aves que passam, serão outros, e ainda os mesmos.

Os bois, parados no reboque, quase não mugem.

Procuro coisas menores, os objetos que me rodeiam, um pássaro que voa, uma planta que se balança no ar, os raios do sol que cortam o céu em fatias, as formas movediças das nuvens, o reflexo de uma cor na água, coisas simples e inesperadas. Procuro-as para motivos de alegria. Reservadas belezas. Minhas só. Ninguém mais, mesmo os que vêem as mesmas coisas, pode vê-las como eu. Ninguém as compartilha comigo e eu tampouco as reparto. Avaramente guardo-as para mim. Secretas fortunas. Sequer posso pô-las em risco de serem conhecidas na sua beleza. Não suportaria sabê-la desmerecida por olhos menos sagazes. E aí é como se eu me sentisse completa, porque tenho um segredo. Eriço-me cada pêlo. Cada poro. Cada átimo absorve e recolhe a revelação do instante pródigo. É meu, só meu. Por simples que seja, é o meu gozo solitário e perfeito. Quase uma masturbação.

Penso, às vezes, no prazer perigoso de existir. Eu sou. E isso ameaça os outros. Porque a minha existência pode marcar a de outras pessoas. Limitá-las. O simples conhecimento do meu existir pode fazer bem. E pode fazer sofrer. Assim como o existir alheio pode também ser uma ameaça constante para mim. Cada pessoa que eu conheça pode ser uma ameaça. Está nessa capacidade inesgotável de dar prazer, ou de fazer sofrer, o poder divino mordido na maçã. Reconhecer no outro sementes de gozos e de ansiedades que são tão nossos é muito perturbador. Refletir-se no outro é arriscar-se. A imagem se esfacela quando se quebra a superfície polida que a reflete. Se estilhaça nos mil cacos do espelho que se quebra. E, se em cada caco, volta a aparecer inteira, assim multiplicada, se vulgariza. Perde a excepcionalidade que se lhe atribuía. O privilégio de ser única. Sem semelhantes.

Encontrar a solidão ao lado, individualizada como a sua própria, é desconcertante. Idêntica a incapacidade para esticar o braço e tentar tocar no outro. Primeiro com a ponta dos dedos. Depois, com a palma da mão. Depois, no aperto do abraço. Uma paralisia impede o gesto que se insinua mas não cresce na direção daquele que se gostaria de alcançar. Porque não se permite arranhar sequer a superfície. Sequer atingir a pele de quem se pretende as entranhas. Decepcionante tarefa a de se dar. Ou a de se oferecer. Puro desgaste.

É preciso disciplina, bom senso, controle. Não se pode tomar avidamente nas mãos tudo o que passa por perto. Há que tomar com economia. Ser exigente. Escolher muito e sem ganância. De olhos baixos. Não se pode pôr o todo de nós mesmos em coisa alguma. É verdade. Há que racionar até mesmo os sentimentos. Oferecê-los com cuidado, em pequenas doses. E assim também aceitá-los. Para que se mantenha deles sempre uma reserva. Armazená-los, estocá-los, escondê-los. Para que nunca se esgotem na troca dos segredos da vida.

O outro é sempre um túnel. Ou uma nuvem. Atravessados, do outro lado a mesma prévia solidão espera.

O sentido da vida. Qual será? Aprendizado doloroso e necessário. Insistente, continuado, inalienável. Que não se herda nem se transmite. Um momento de plenitude, de beleza, de perfeição, mesmo rápido e inconfirmado, já seria suficiente. Mas quando? Terá existido? De impossível reconstituição, ou apenas fantasiado na memória, ou na vontade de vivê-lo?

O amor perpetua a espécie, mas não o próprio amor. O que se viveu, contundente, indispensável, isso foi também apenas interpretação? Ou, mais tarde, exagero da lembrança?

...

Dormimos encalhados essa noite. Não dava para continuar a navegar. Mesmo com a claridade quase diurna da lua crescente duplicada pela faixa mais larga do espelho que era o rio.

Chegamos à embocadura do Correntes no fim da tarde. Ao entrarmos no São Francisco, de quem andávamos afastados, encalhamos outra vez. Mal caímos nele, seus braços nos prenderam com vontade. Estávamos perto de um lugar chamado Sítio do Mato. Bem no fim do fim do mundo. A margem esquerda, toda ela na mais total e espantosa pobreza. Sem apelação, sem remédio. Não há árvores. Nem estradas. Nem plantações. Nem mata rala. Nem caminhões. Nem vendas. Só areião queimando, impiedoso. As poucas casas que existem ali vivem sempre fechadas, para se protegerem do sol. Desolação e abandono completos. Cidadezinha mais triste não há. Paramos para entregar mercadoria: farinha, milho, rapadura. Não demoramos, que nem Deus se detém nesse lugar. E em seguida uma coroa do rio nos prendeu. Durante horas os homens tentaram tirar a barca da areia.

Parecia colada no fundo. Não arredava dali. Entre cansada e renitente. Desistindo de seguir.

Descemos à terra. Havia uma olaria em que trabalhavam quatro homens. Cada um se movia como se estivesse sozinho. Ou em espaços estanques. Cada um por si. Sem se falarem ou se olharem. Atarefados e distantes. Sem curiosidade por nós que chegávamos. Fabricavam telhas e tijolos. De bom barro. Mas o método usado era antigo e primitivo, como o da primeira olaria que o homem inventou. O barro úmido, previamente amassado com as solas dos pés, espessas e rachadas como velhos couros ressequidos, era, depois de bem alisado com as mãos, amoldado numa armação de madeira que lembrava uma pá grande e curva. É aí que a telha nasce. Com o formato de uma coxa, secando ao sol. Ouvi dizer que originariamente eram mesmo moldadas nas coxas dos homens. Sem nenhuma regularidade de tamanho ou curvatura. E daí vem a expressão "fazer nas coxas", rudemente, sem método, qualquer coisa malfeita.

Os homens produzem cerca de quatrocentas telhas por dia. Um milhar custa trezentos e cinqüenta cruzeiros. Por isso o trabalho tem que ser sério e ininterrupto. Para não se perder tempo. O responsável pela olaria pareceu não gostar muito dessa intrometida visita. Olhou-nos desconfiado, sem responder ao nosso boa tarde e sem parar o que estava fazendo. Tinha uma cabeça bonita e altiva, de traços bem sertanejos, nariz fino e barba muito preta.

...

Seu Gilson anda de mau humor. Com o atraso em que vamos, encalhando várias vezes por dia, teme perder a feira do sábado em Juazeiro, o que lhe parece já certo que vá acontecer. E teme perder os bois, com a demora. Tanto vão emagrecendo.

Os bois estão inquietos ultimamente. Mas estão exaustos, tenho certeza. Vão emagrecendo sob os nossos olhos. O sol castiga os lombos onde os ossos começam a apontar. Ficam se empurrando. Tentando dar chifradas ou patadas nos vizinhos, sem muito resultado, apertados como estão, uns de encontro aos outros. Os homens também estão cansados. Mais calados. Riem menos. Mais freqüentes são as coroas que nos prendem. A luta vã para desencalhar o barco duas, três vezes por dia, lhes está exasperando os ânimos e exaurindo as forças. Repete-se monotonamente a árdua tarefa de retirar do barco, e tornar a carregar depois, nos ombros cansados, os sacos de milho e os fardos de farinha. Depositá-los sobre o banco de areia para aliviar a barca. Só assim, esvaziada, acede à força dos homens e se decide a seguir rio abaixo. Caprichosa. Também ela mal-humorada.

À noite nos deitamos nas redes que já começam a tomar a forma do nosso corpo. Luva, útero materno. Seu Gilson nos repete suas histórias. As velhas histórias do macaco que deu uma surra na onça, da velha que levou a "fia" para dançar e o par era o demônio, do cachorro d'água, todo branquinho com a estrela de ouro na testa. E a sua versão das histórias européias do Pedro Malazartes, da Moura Torta. Passo a vida regalada. Adormeço ouvindo histórias, como as que meu pai me contava, há muitos e muitos anos. Incansável, peço mais. O encanto renovado a cada vez que as ouço. Volto à infância anterior ao colégio interno, para onde fui aos sete anos. Custei muito a me acostumar a dormir sozinha, numa cama fria e branca, sem nenhuma voz amiga me ninando. Bem mais rápido foi o aprendizado do sono no ventre curvo da minha rede.

• • •

O feijão da Dona Alzira, um belo dia, deu para ficar gostoso. E, menos sebenta, a carne-de-sol, que as moscas escurecem e não abandonam, nem mesmo sob a ameaça do fio da faca que a corta diretamente para a panela. O angu matutino virou petisco. O cuscuz é um doce. E o café, meu Deus, de exportação.

Os homens hoje estão dando água aos bois. Bondosamente. Colocam sob o focinho de cada um o balde cheio de água do rio. Os bois fecham os olhos enquanto bebem, como crianças mamando. Procuram mais quando a água acaba. Com sofreguidão, quase chorando. Bebem três, quatro, cinco, até dez baldes d'água. Mal dá para interpor o balde entre o focinho dos bois e a borda do barco. Os homens têm que incliná-los para que a boca alcance o líquido que se derrama metade fora. Os músculos do pescoço devem estar pinçados de ficarem assim, tantos dias, com a cabeça amarrada aos paus do curral flutuante. Sem conseguirem afrouxar o nó da corda curta nem para beber essa água fresca. Mesmo assim é quase palpável o alívio desse momento. O sol no lombo marca as ancas, as vértebras, as omoplatas. Luz e sombra salientam os relevos esculpidos pelos ossos. Abstratas esculturas.

Em Gameleira paramos para reabastecer. É outro lugar perdido. Uma só rua, em que as casas pobres parecem se dar os braços, termina numa igreja também pobre. Nos poucos mercados ou vendinhas, as mesmas mercadorias que se repetem pelas cidades mais próximas do rio: rolos de corda, fumo de rolo, toucinho salgado, sempre muita pinga, raras bananas, fósforos, alka-seltzer, cibalena, lactopurga. Parece que a antiga farmacopéia popular, famosa por sua variedade extrema, desapareceu. Onde os chazinhos, as mezinhas, as medicinas caseiras, que um dia existiram? Justamente nesses lugares em que a riqueza de ervas e remédios populares deveria ser evidente, nada encontramos. Estariam ocultos de olhos menos conhecedores, nos fundos dos quintais, ou perdidos da memória das pessoas?

Perguntei a Dona Alzira o que é bom tomar para dor de barriga ou de cabeça, pedra nos rins, espinhela caída, maldo-peito, papeira. Não soube responder. Para qualquer enfermidade tomam, indiscriminadamente, os mesmos comprimidos baratos. O mau-olhado, ou quebranto, que acomete plantas, animais e, no caso das crianças dá febre, vômitos e grande diarréia, diz que não tem cura. Doenças venéreas, tifo, tuberculose, desinteria são males comuns. Mal posso acreditar que não conheçam pelo menos algumas das medicinas caseiras citadas na longa lista de Donald Pierson, e que apaixonam os fitoterapeutas: o angico, para a gripe, a tosse, a rouquidão. O chá de abacateiro, para a indigestão, as doenças do fígado e o reumatismo. O chá de semente de abóbora, para a desinteria. O chá de alho, para mordida de cachorro doido, picada de cobra e dor de dente. A cabacinha, tomada com vinho, para doença venérea. A cainana, para prisão de ventre. O capim-santo, para todas as doenças e o caju para outro trem delas. Para menstruação atrasada, a canela. A coleção de cipós que fazem sarar da dor-de-cabeça à leucorréia passando pelo mau-olhado. A crista-de-galo, boa para frieira, ferida, vermes e xixi na cama. A erva-cidreira, para gripe, inchação, bom sedativo. E o gergelim, e o girassol e a erva-doce, e o fumo, e a hortelã e a jurubeba, e a laranja, e o louro, e a macela, e a manjerona e as malvas todas, e a noz-moscada, e os melões, e os paus-doces, e as pimentas, as quinas, os quebra-pedras, o zabumba, até o chuchu inocente, bom para os problemas cardíacos. Não conhecem? Todas essas maravilhas curativas de indigestões, de corrimentos, padecimentos de fígado, de rins, de estômago, de catarros, de feridas, de urticárias, de coceiras, como não são mais usadas? Avexou-se. A "muié" da cidade tinha muito conhecimento, até das coisas do sertão.

Pouco se vê nesses mercados alimentos como carne, peixe ou camarão. Não há frutas. Menos ainda verduras. Mesmo o feijão. Até as galinhas, os ovos ou o toucinho são raros.

...

Andando pelo meio da rua de areia, a única de Gameleira, delírios de quem caminha pelo deserto, ouvimos um som melodioso. Uma alucinação. Sereias cantavam na voz de um saxofone que tocava um *blue*. De dentro de alguma daquelas casas pobres alguém tocava maciamente um *blue*. O som vinha vindo ao nosso encontro, à medida que nos aproximávamos de uma venda, com as portas azuis meio fechadas. Lá dentro protegiam-se do sol o seu dono, que tocava o saxofone, e um freguês, que ouvia. Entramos com cuidado para não interromper. O instrumento era velho, amassado. Preparei o gravador para guardar a certeza daquele *blue* aveludado e insólito. O freguês se animou, intrometido, e começou a cantar, quebrando a magia do saxofone. Cantou duas músicas sertanejas. Tinha um único dente na boca, o que lhe dificultava a dicção. Depois da gravação da cantoria fiz com que ouvisse a fita. Eu não mereço isso, dizia ele sibilando os esses, emocionado, eu não mereço isso. Logo chamaram na vizinhança um tambor e um pandeiro e em seguida estava a bandinha pronta tocando para nós, entusiasmada.

...

É tanta a pobreza que nos rodeia que me confrange. Tanta a miséria. Tanto o nada. Ao mesmo tempo essa pobreza faz-me sentir também despojada, ou com vontade de me despojar. De ser limpa de objetos e desejos. De me absolver de todas as exigências e necessidades que me invento indispensáveis. Quero me reduzir, também eu, ao mínimo. Surpreendo-me com a felicidade que isso me dá. Com a paz interna, inadvertidamente adquirida. Descubro que posso viver muito bem e me sentir profundamente completa reduzida a um mínimo quase como o deles, o dos marginais do rio. E começo a entendê-los. Com amor. Como gentes iguais que somos, apesar de todas e tantas diferenças. Duas camisetas, uma no corpo, outra na corda. O que já é um luxo. Uma rede, um cobertor de algodão. O cabelo preso num rabo-de-cavalo por uma borrachinha preciosa, que não posso perder. Porque não existe outra. E o rio. Contagia-me a transparência e a pureza do rio, incorruptíveis. Sem maquiagens, sem pretensões, sem vaidades. Ele me embala, ele me impele, ele me espelha, ele me espalha. Tranqüilo escorre e passa. Com ele me simplifico e me engrandeço.

Modelo-me pela penúria majestosa do rio e me reencontro melhor. Na repetição dos dias, ele segue o mesmo. Às vezes parece que não saímos do lugar. Repete-se a água, repetem-se os bancos de areia. Os gestos para desencalhar o barco. As refeições. A vida placidamente escorre. Mal se percebe que as margens começam a se afastar. Escondem-se dos nossos olhos. Cortinas de um imenso palco que se abrem, alargadas, com os amanheceres. É a única diferença: o rio vai empurrando a linha do horizonte cada dia mais para longe. Titânico. Parece que estamos chegando ao mar. Mas o meu pé pisa ainda com inusitada intimidade a areia limpa do fundo, que segura a barca e a gente, como se nos quisesse manter nas suas malhas. Numa beatitude de enfeitiçada, sinto-me Ulisses perdido em Djerbas caipiras. Vem-me a impressão de que jamais conseguiremos sair do trecho entre Bom Jesus e Ibotirama. Por mais que queiramos, por mais que tentemos. E isso não me preocupa, não me incomoda. Até gosto da idéia.

Fizemos um roteiro circular que parecia repetir-se indefinidamente. Nem por terra, nem por água, encontrávamos a saída. Algum anjo exterminador teria pousado na Paulo Affonso. Ao descer do vapor em Bom Jesus, para ir a Santa Maria das Vitórias entrevistar o Guarany, tivéramos que dar as costas ao São Francisco, embrenhar-nos pelo sertão, até chegar ao rio das Correntes, afluente do Velho Chico. De carro, e depois de caminhão, alcançáramos Ibotirama. Retiráramos as malas do gaiola e regressáramos a Bom Jesus. Daí outra vez a Santa Maria, onde embarcáramos com o Seu Gilson para descer o rio das Correntes. Retomávamos agora o São Francisco em Ibotirama. Onde havíamos entrado pela estrada poeirenta, chegávamos agora pelo rio. Dessa vez rompíamos finalmente o encantamento. As amarras.

A barca encostou o ombro no cais. Descemos todos, tripulantes e passageiros.

Ibotirama é cidade grande. Convidamos Seu Gilson para comer conosco. Foi a primeira refeição completa em muitos dias. Na Churrascaria Espetolândia. Lentamente saboreamos a variedade de pratos que puseram sobre a mesa de madeira, sem toalha. Com apetite e volúpia. Gulosamente. Feijão-de-tropeiro, churrasco, arroz, saladas de batatas, de tomates, couve. Um verdadeiro banquete. Cerveja gelada. Havíamo-nos esquecido do prazer de uma cerveja "estupidamente gelada" regando com luxúria a goela ressequida.

• • •

Ibotirama tem muitas ruas, vários hotéis e uma rodoviária de encruzilhadas. Aí se encontram todos os ônibus. Os que chegam de Brasília. Os que partem para Salvador. Se eu quisesse interromper a viagem teria que ser aí. De volta para casa. Ou rumo a outros caminhos. Mesmo se a estrada inacabada aguarda o asfalto, poeirenta na seca e lamacenta na época das chuvas, em Ibotirama é que os caminhos se cruzam. Se juntam ou se separam.

Telegrafei para Brasília avisando da troca dos barcos e do grande atraso em que íamos. Imprevisível a data para a chegada em Juazeiro. Mal sabíamos que alcançaríamos Brasília antes desse telegrama, quando estavam todos assustados com o nosso imprevisto desaparecimento no São Francisco.

Nesta segunda visita a Ibotirama, explorando melhor a cidade, descobrimos numa das ruas um hotel, com jeito de casa de família, o Cristal. Sua varanda dava sobre a calçada. Podia se ver a sala, pintada de verde, pela janela aberta. Na pequena entrada luziam uma geladeira e uma máquina de costura. Mas o atrativo maior era o teto da sala verde, forrado com uma copada bandeira brasileira, que o recobria todo, de parede a parede. Tiras muito finas de papel de seda, medindo cerca de trinta centímetros de comprimento, penduradas muito juntinhas umas das outras, pendiam do teto. As cores vívidas perfeitamente desenhadas: o amarelo do losango demarcado no retângulo verde. O azul vibrante, do círculo central, exatamente recortado pelo branco da faixa branca. Sem ordem nem progresso. O vento, entrando pela janela aberta, fazia a bandeira ondular. Ouvia-se um farfalhar de sedas. E o azul feito poça refletia o céu depois da chuva.

...

A multiplicidade de pensamentos que ultimamente me aturdem começa a me assustar. Outras realidades se acendem dentro de mim nesse remoer caminhos aquáticos. Vêm à tona sensações que domino mal. São momentos como que de transe, em que me abstraio de tudo o que não seja interior. Não vejo nada, não ouço nada, não sinto nada senão essa nota grave, que vibra e reboa por dentro, como numa igreja vazia. Como um chamado. Como um alerta. Sei que não sigo um caminho. Sou levada. Sem fazer indagações, sem me dar explicações. Sem esquinas, vou arrastada pelas águas, rio abaixo. Sem alternativas. Como os bois, não posso optar por outra viagem, outra margem. Senão a final. A fatal. Não posso me mexer do lugar que me coube. Nem saberia mesmo descobrir outra, senão a minha, maneira de viver. Se outra existira. Ao mesmo tempo, não quero mais viver o razoável. Não quero mais o ordinário da vida. O comum. O que tenho e já conheço. Quero o impossível. Quero um perigo, algo que me sacuda, me fira, me desperte e me recrie. Mesmo que me destrua depois.

Inquietações me assaltam, dúvidas, fortes e seguidas. Minha retina é atravessada por punhais luminosos. Vejo coisas agudamente nítidas, mesmo de olhos fechados. Uma grande ameaça vem de dentro de mim mesma. Uma revolução se rasga e ninguém vê.

As mudanças previstas pela cigana me alvoroçam. Acenam-me. Mas eu reluto. Se tiver que abandonar o trajeto líquido, cortar o elo que me prende ao barco em busca da margem desconhecida terá que ser aí. As predições malditas latejam, insinuantes. Fecho todos os sentidos, mas a febre é dentro, contínua. Falta-me a coragem. A coragem de partir. De mudar. De ser outra. Outra pessoa. De zerar a vida numa total amnésia. De tudo desaprender. Para reaprender. A falar. A andar. A rir. A querer. E a não querer. Sem sofrer. Que isso não se precisa saber. Ou precisa?

Deixamos Ibotirama para trás e, com ela, minha oportunidade de desvio. A inércia me arrasta, passiva e submissa, águas abaixo, como os bois. Lágrimas abaixo. Com os bois.

∙ ∙ ∙

Retomamos nossa viagem na Paulo Affonso. Revigorados com a refeição. Resistentes aos encantos de Ibotirama. Afinal, rompemos o círculo. E eu, pelo menos temporariamente, sacudi minhas dúvidas, meus devaneios.

A parada seguinte, na Fazenda Grande, foi onde passamos a noite atracados. Pudemos descer e conhecer seus moradores. Os donos da fazenda quase nunca vêm aqui. Ela mede quarenta e dois quilômetros de margem de rio, mais dezoito léguas desmesuradas pelas entranhas do sertão. Aí trabalham quinhentas pessoas, que vivem em cerca de cem casas. Os fazendeiros importaram uma professora. É moça e veio da Barra. Há outro professor, local, dono de um dos botecos. Este fala errado, como os peões. "Eu não tenho nem primário, só tenho cabeça." Diz que também é aluno ainda. Que a moça da Barra é que é muito sabida. A moça tem encontrado dificuldade para ensinar-lhes matemática. Eles só acreditam na tabuada. Isso de conjuntos e outras novidades são invenções da cidade grande para confundir os pobres. Importante mesmo para aprender é somar, diminuir, multiplicar e dividir. De cor, na cabeça dos meninos. O resto é invencionice moderna que de nada lhes serve.

Nestas bandas, pior que no resto do país, as escolas pagam mal às professoras, que acabam se entregando a outras atividades. Consertam roupas, escrevem cartas, preparam requerimentos para os analfabetos, ou vão, simplesmente, cuidar de suas roças. Há um apego carinhoso dos alunos pelas mestras. Os pais acham que entre os muitos métodos de ensino, os mais eficientes são ainda os de castigo físico. Professor bom é aquele que bate bastante. Dá muito bolo de palmatória. Com a régua de madeira. Quem não quer estudar cai logo fora. Quem permanece apanha, mas aprende.

Nas escolas rurais tudo falta. A começar pelo transporte que permita a freqüência dos alunos, que vivem, às vezes, muito afastados. Juntam-se à precariedade dos prédios, a inexistência de equipamentos, a inadequação das salas de aula. Crianças de idades as mais variadas têm aula juntas, dificultando o aproveitamento. A própria falta de recursos para comprar livros, cadernos, lápis, os mais elementares artigos escolares, torna o ensino uma proeza absurda. Os raros professores, mal formados, mal pagos, pouco interessados, ausentes, têm que enfrentar alunos mal alimentados, mal vestidos, sem nenhum estímulo para aprender.

A escola da Fazenda Grande não é assim. A casinha é simples, mas provida de mesas e de bancos. As cartilhas e os livros vão sendo herdados pelos novos alunos a cada período escolar. Recebem, de presente, lápis e cadernos. Seus freqüentadores se orgulham dela.

Uma lua cheia, redonda e luminosa, clareia as ruas de areia. Os casebres baixotes, que se abrigam sob as árvores, recobrem-se com as sombras majestosas das ramas das mangubas. Dos telhados elas se atiram para o chão e estampam-no de folhas. Momentaneamente, nossas sombras andarilhas sobrepõem-se a elas, deformando-as. Logo depois que passamos, graficamente recuperadas, retomam o recorte do seu desenho.

Normalmente os fazendeiros não dão uma área para os peões plantarem. "E se der é de meia." Os moradores nos dizem que os donos da Fazenda Grande são muito bons. Que deixam plantar o que quiserem nas terras sem fazer questão de mear nada. Pagam as ajudas dos que precisam. Como a fazenda é de criação, doze vaqueiros aí trabalham com o gado. Para cada cinco bezerros que nascem, um é dos vaqueiros. Recebem trinta cruzeiros por boi fugido e recapturado no mato.

Uma mulher nos convida para entrar e sentar um pouquinho. Junta-se um grupo à nossa volta para contar "causos". A dona da casa onde estamos nos traz biscoitos de polvilho, feitos por ela. Com café recém-coado. Nos mostra o macaquinho de estimação. Riem muito. E disputam entre si o privilégio de relatarem a próxima história – de caçada, pescaria ou assombração.

• • •

O tempo se espreguiça. Sem cerimônia se arrasta. Mal passa. Os bois, na barcaça, continuam a minguar a olhos vistos. Bebem a água que lhes damos. Permanecem mais tempo de olhos fechados, cochilando em pé. Não sabem como distribuir seu peso, que vai diminuindo, pelas pernas enfraquecidas. Dão-me uma pena infinita. Sofro com eles. Têm uma extrema paciência. E o olhar cansado é cheio de resignação. Só um deles, branco, continua inconforme desde o começo da viagem. Pronto para atacar quem passe perto dele, gente, forma ou sombra. O olhar enlouquecido, estrábico, atento, procura um objetivo qualquer para enfiar os chifres. Envesga os olhos e investe com fúria, mas a corda que o prende lhe refreia os arrancos. A cabeça é sacudida a cada solavanco, o que o torna mais agressivo. É o mais magro de todos. Consumido pelo desespero e pela impotência.

Seu Gilson hoje nos mostrou como é feito o barco, o leme, o chapuz, o rombo de mestre, o pé-de-galinha. Diz que o pai dele levava de oito meses a um ano para fazer um barco desses. Era como construir uma casa. Só mais delicado, mais engenhoso. Pois que casa não carece de navegar.

Acordamos, na manhã seguinte, ainda escuro. O motor pulsando levava o barco para longe da Fazenda Grande.

Agora, quando consigo dormir bem a noite toda, quem me acorda é o frio, cada vez mais forte. Fura a rede e passa até os ossos. Parece que encosta em mim, molhada, a grande mão da madrugada.

Já me acostumei com a comida, embora o prazer inaudito de comer o churrasco em Ibotirama me devolvesse, por um momento, apetites que começavam a me escapar. Acho até bom o café horrível da Dona Alzira, nossa amiga íntima e dedicada. O cuscuz, a que chamei de angu, e que quase me fez vomitar no primeiro dia, me parece apetitoso. Mal espero que seja servido o primeiro, nas manhãs, para comê-lo quente ainda, com a manteiga sebosa e salgada, que compramos em Ibotirama.

Tomo banho no rio. Cada dia, com mais freqüência, a barca encalha. Caio n'água com alegria de criança. Piso o fundo de areia do São Francisco com gosto. Com volúpia. O rio ainda dá pé. Chico, Chiquinho. Menino, com um metro e dez de altura. A água rasa, espalhada, puxa a gente. Empurra. Não deixa ficar parada. Parece ter pressa. De chegar ao mar? Tão longe ainda.

...

Sim, que eu o queria aqui. Entre as visões do rio. Sem medo ou vergonha. Queria o desejo e o prazer. Inocentes. Os de antes da serpente. Com a pureza das descobertas não perseguidas. Os mesmos impulsos, balanceados nele e em mim. As mesmas necessidades. A mesma vontade de alegria. Reconhecer na desnudada prenda o corpo que se ajusta ao meu, sob medida. Ante seus olhos depositar também minha melhor oferenda. Gravar, como se na pedra, as linhas únicas de seu rosto. Os nítidos contornos. Nossos limites, longa e liquidamente estender pelo chão de água. Sua sombra, unida à minha, com assombro e reconhecimento. O máximo de fascínio e o mínimo de memórias. Imagem efêmera. Vivente apenas no traço luminoso de um relâmpago.

Eu o queria aqui, com todas as diferenças que nos fizeram dois continentes inexplorados e inacessíveis. Distantes e inadaptados. E por isso mesmo misteriosos, sedutores.

Quanto mais quieta fico, imóvel, maior é dentro a agitação acesa. Insidiosa, vai e volta a vontade de tê-lo aqui. Um enxame de fantasias me perturba. Seccionados, como os ex-votos de Bom Jesus, vejo a mão que colheria a minha. Sua palma aberta, estendida. Com a chaga do desejo. Vejo a orelha, a nuca. De repente, não mais a boca, os dentes. Ou a nascente dos cabelos, grisalhos. Mas a fivela, no lado externo dos sapatos. Tão absurdas as fivelas dos seus sapatos engraxados, aqui no São Francisco. Sapatos sem poeira, de solas planas. Sem calcanhares cambaios. Mais limpos do que os meus pés descalços.

O rio, por grande que seja, não o cabe. A mim, sim. Miúda. Que o trago dentro, inteiro, na imaginação. Ele maior. Contraditoriamente, monumental como o rio. Faraônico.

Uma jaculatória eu rezava, menina, ao sair da capela do colégio: "Senhor, eu parto, e ao partir vos levo comigo, mas vos deixo meu coração, como prova de amor que vos consagro". Eu vos levo comigo e me deixo convosco. A maior troca possível. A total entrega e posse. Assim eu queria.

A grandeza do rio não a poderíamos partilhar jamais.

Sim, poderíamos vê-lo juntos, ao mesmo tempo. Mas veríamos, tenho a certeza, dois rios diferentes. Talvez opostos. Um outro encontro das águas. As negras, paradoxalmente transparentes. E as barrentas, as que dilaceram os flancos do rio, arrancam a carne das margens e carregam neste lodo amarelento, opaco, muitos quilômetros de sofrimentos. Um desencontro das águas. Ele e eu.

• • •

Outra vez paramos. À beira. À margem. Coroas enormes tomam quase toda a largura do rio. Vai ser difícil passar. Melhor se, engenhosamente, o pai do Seu Gilson tivesse feito o barco sobre rodas. Mais fácil seria puxá-lo por cima da areia, como um grande brinquedo artesanal.

Onde paramos, uma escada tosca de madeira sobe, da beira d'água até o nível elevado da terra. Em cada degrau há um pote com plantas. Lá no alto, duas casinhas de telhado de sapé nos esperam. Jeitosas, pitorescas. De bom gosto. Aí mora uma velha muito velha. Tudo é limpo e cuidado. Mesmo bonito. Cabaças penduradas enfeitam as paredes. Pelo chão, bruacas de couro escurecido pelo uso guardam a farinha. Num cabide, uma roupa muito usada, também de couro, moldada nas formas e volumes do seu dono, parece a deposta armadura do vaqueiro ausente. Uma rede cor de azulão, bem esticada pelos dois paus que a mantêm aberta, completa a refinada decoração.

Seu Gilson conseguiu capim para o gado comer. Um pouquinho para cada boi. Insuficiente, depois do jejum de tantos dias. Víamos os animais ruminarem o capim e o tempo. Lentamente rolando na boca as parcimoniosas porções, faziam render os intermináveis chicletes de palha. Os homens gastaram todo o dia para alimentá-los. Da mesma maneira como haviam levado para trazê-los para a barca. Naquela ocasião, haviam cortado o mato, serrado os paus para fazer o curral flutuante, buscado o bagaço para forrar o chão do reboque e, depois, os instalado ali, um por um, sem pressa. Assim hoje, para dar-lhes de comer. Cortaram o capim, juntaram-no em feixes dispostos sobre sacos, depois distribuíram-no pacientemente para cada animal. Como alguém que saboreia o que faz e não se cansa. Com a calma de quem não tem futuro à espera.

Tudo acabado, outra vez seguimos. E outra vez encalhamos. Às duas da tarde. Só às oito da noite conseguimos alcançar uma margem agreste do rio, gastando seis horas para fazer cem metros.

Os homens estiveram ocupados o dia todo. Têm os ombros marcados, os músculos inchados de arrastar a barca. O corpo lhes deve doer inteiro. Depois da façanha de alimentar os bois, o encalhe da tarde tornou o dia por demais trabalhoso. Tiveram que passar, uma por uma, as cinqüenta sacas de milho, da nossa barca, pela borda da barcaça de reboque, tendo que erguer bem os sacos para não se molharem, até à margem mais próxima, onde as deixaram. Cada saca pesa cinqüenta quilos. O peso ausente permitiu à barca, mais leve, flutuar, à custa do esforço de enfiar na areia, as toras de pau sob a quilha. Este lugar se chama Sabonete. É um banco de areia conhecido dos barqueiros. Tem seu nome nos mapas do rio. Todos encalham aí.

Solta a barca, tiveram que refazer outras cinqüenta vezes o trajeto entre ela e o banco de areia. Recarregá-la com as sacas recuperadas da margem, passando outra vez pela borda da barcaça dos bois. Foi uma tremenda canseira. Levou muito tempo até que tudo se completasse.

Os lampiões acesos mal alumiam nossos vultos. Outra noite de lua clara. O céu está superpopulado. Romântico. De tão perto sobre as nossas cabeças, quase sentimos nos ombros o massagear dos rolos que as nuvens formam ao passar. Formam e logo desfazem. Desenhos rebordados de luz. Mas nós estamos cansados. Calados e quietos.

Os bois fedem na barcaça. Dessa direção sopra o vento. A soalheira parece ter cozinhado o excremento e o cheiro do estrume verruma ácido nossas narinas.

...

Uma impaciência me assaltou. Uma angústia. Estava louca para que essas repetitivas e monótonas manobras se acabassem. Queria sair logo dali. Tive vontade de fugir. Mas para onde? Como? Uma terrível sensação de solidão, de inescapabilidade, de impotência, me esmagava. Me desligava de tudo e de todos. Senti-me sozinha como quem nasce. Ou como quem morre. Normalmente isso não me aflige, até gosto desse sofrimento de solidão. Desse encontro comigo mesma. Aprendo a me bastar. Mas hoje não consegui me libertar da perturbação interna, da sensação de isolamento, de perda. Inexplicável e incontrolável.

Às vezes me pergunto se não é isso um prenúncio de loucura. Se não é assim que começa. Do fundo, de dentro para fora, sem saber bem por quê. Essa angústia. Só percebida quando, mais tarde, expandida, preenchidos todos os espaços, como um balão de gás inflando, se esticando, ela arrebenta com estrondo. Ou talvez seja mesmo o contrário. Dissimulada, minando o equilíbrio, apagando a lucidez, desgastando as resistências, se alastrando, insidiosa, desapercebida, esgote sua vítima até o esvaziamento total. Um furo não detectado por onde se esvai todo o ar que a alma respira.

Que tipo de loucura estarei gerando como a um filho? Lateja, princípio de infecção. Semente, germina. O pressentimento dela ameaça. Vislumbro sua presença. Como se entrando num quarto visse um vulto prestes a sair pela janela.

Comecei a lembrar do dia em que dormi até às três horas da tarde. Acabara de chegar em Nova Iorque. Eu estava no quarto do hotel Shoreham, o das flores amarelas no papel da parede. Reproduções baratas de Van Gogh por cima. Uma sonolência doentia tomou conta de mim. Mesmo alertada a consciência de que era preciso me levantar, a prostração me pregava à cama. Se me levantasse, livrar-me-ia dos pesadelos. Mas não conseguia. Hipnotizada. Esperava alguma coisa fora de mim que me permitisse escapar àquele vazio de vontade. Uma senha. Mas nada acontecia. Nem um chamado, nem um telefonema, nem uma batida na porta. A luz do banheiro, esquecida acesa, incomodava. Atravessando a pálpebra ia fisgar o cérebro. Mas não era suficiente para obrigar o olho a se abrir, para me tirar daquela modorra, daquela inação angustiante.

Quando a minha filha nasceu, foi uma cesariana, não houve tempo para esperar que a anestesia se completasse. Eu queria avisar que ainda estava consciente, mas não pude. Não senti dor. Apenas uma sensação de calor escorrendo. E a terrível escuridão à minha volta. Tão densa que me foi comprimindo, me reduzindo a uma bola menor que uma bola de gude. Meu corpo todo se condensou naquela bolinha metálica, reluzente, brilhando dentro da escuridão. Uma escuridão quadrada, cúbica, com paredes também metálicas, em que eu, a bolinha, esbarrava. Era como um enorme dado que rolava pelo infinito com uma bolinha sacudindo lá dentro. Quis avisar às pessoas ao meu lado do que estava me acontecendo. Ouvia vozes perto de mim. Mas quem poderia dar atenção a uma bolinha brilhando na escuridão? Seria isso a morte? Cair aos trancos, como uma estrela, pelas paredes de uma noite quadrada?

Às três da tarde consegui me levantar. Exausta, doída, perplexa. Com fome. O quarto me oprimia. O teto baixo rente à minha cabeça. Abri a janela e o bafo quente da rua, viscoso de umidade, lambeu meu rosto. Céu nublado. Um ou outro azul, superior.

Na rua, as pessoas. Sempre com tanta pressa.

Comi um sanduíche. Com gosto de sono. O travo do cigarro, mais forte, depois de tanto torpor. Saí em busca de ar puro. Fui para o parque. Tomar sol, ver os esquilos, os pombos. Um livro embaixo do braço. Passa um cachorro fuçando tudo. Rabo entre as pernas, olha desconfiado, certo de que vou enxotá-lo. Mas não vou.

Se fosse eu mesma quem tivesse saído para o parque, no final do jardim, depois da praça maltratada, guarida de bêbados e de vagabundos, eu encontraria o mar. Mais adiante o mar. Sempre o mar. A certeza do mar. A majestade do mar. A calma, a fúria. As cores. O mar pesado, oleoso e verde. Ou cinzento e ameaçador. Parede erguida, a onda, como um vitral caindo com estrondo. Quebrando-se em mil cacos.

Muito tempo eu quis o mar e não pude tê-lo. Passavam centenas de pessoas para a praia, em procissão. Seminus, bronzeados, seios, coxas, umbigos. Menos eu. Queria entregar-me às suas líquidas carícias, deixá-lo alisar os meus cabelos, retirando deles preocupações e angústias. Reduzindo-as a gotículas salgadas que, escorrendo, desapareceriam, secariam na minha pele. Muito tempo me vi privada da redenção daquele batismo. Era o peso da criança. Primeiro dentro de mim. Depois, fora. Uma, duas, três vezes. Fraldas, mamadas, mamadeiras. No hospital, os olhos azuis da minha filha se alternavam com os olhos pretos de outro bebê, que não era meu. Este vinha de boca aberta, glutão. Com movimentos contidos e lentos, de tartaruga, tentava agarrar meu seio. Quando o encontrava, abocanhava com ânsia, chupava com uma força que me machucava. Eu olhava quase com repulsa aquela cabeça pequena e redonda, de cabelos em pé, pretos e duros. Fuçava como um cachorrinho novo, seguindo o cheiro azedo do leite. Me dava pena e raiva esse bebê. Tirava força de mim, que não o tinha gerado. Enquanto a minha filha de olhos azuis cerrava os punhos para o mundo e se negava a mamar.

Depois dos filhos eu vim para perto da praia. Deitava na areia e ficava ouvindo o mar. Ciciante, chamando, sussurrando. Companheiro. O mar puxando, arrastando, atraindo. Sedutor. O mar zangado, socando a areia. Ciumento. Um dia o mar cresceu e engoliu a praia. Levantei-me correndo para salvar meus filhos. A onda correu maior. Maior que tudo. Poderosa subiu ao céu antes de se despejar, toneladas, nas minhas costas. Como fazem as lavadeiras com a roupa nas pedras do rio assim fez comigo. Até cansar. Quando a fúria passou, envergonhado, escorreu fundo a dentro. Foi-se encolhendo, humilde, até sumir no horizonte. Deixou à mostra todas as coisas que ninguém quer ver. Os restos de todos os naufrágios. Os ossos dos afogados. Esbranquiçados. Todos os lixos. E a lama. A podridão. Que o sal do mar foi corroendo. Secando sob o sol. O sal do mar. Feito das lágrimas e dos suores do mundo. Que a água dos rios é doce.

Mas então, em Nova Iorque, quando me encaminhei para o parque, se um grupo de pessoas se aproximava, minha timidez me fazia passar mais longe, sentar mais longe. Tinha medo das pessoas. Medo do contato. Pensei em perguntar a alguém: música grega ou ópera, hoje, no parque. Perguntar significava uma cadeia de respostas. Depois não me deixariam sozinha. As pessoas têm mania de reciprocar perguntas. Cobram as respostas que dão. Uma preta gorda, de meia idade, sentou-se no banco perto de mim. Ia me levantar. Mais rápida, ela me fez a pergunta que eu queria fazer. Música grega ou ópera? Música grega. Mas eu não devia morar sozinha naquela cidade estranha. Muito cuidado. Moça e sozinha numa cidade estranha. Um livro embaixo do braço, sem ler. Ouvindo música grega no parque. Muito perigoso. Dois homossexuais, de mãos dadas, passaram pisando miúdo e cantarolando. Olharam para mim com arrogância e desprezo. Moça e sozinha.

Depois do concerto entro na igreja. Um convite, na igreja de pedra. Para olhar, para descansar. Pois não sei mais rezar. Há um casamento. Chego mais perto do altar para ver quem se casa. E sou eu. Quero explicar que não posso, que já sou casada, uma, duas, várias vezes. Vestida de branco com um buquê de tangerinas na mão, sou eu mesma a noiva. A igreja está cheíssima, não me deixam voltar atrás. Ninguém se incomoda que eu seja casada. Ninguém me reprova. Antes mesmo de qualquer cerimônia forma-se uma fila enorme. Todos vêm cumprimentar-me, encantados. Nada me dizem, apenas sorriem maliciosamente. Então descubro que não sou a noiva, sou o noivo. Fico firme e, também sorridente, recebo cumprimentos que não acabam mais. Tenho medo do escândalo. Sobre o altar, toda nua, toda tenra, uma noiva me espera. Não sei bem o que fazer com ela. Parece que só eu percebo que não posso ser o noivo. Ou conspiram todos. Divertem-se às minhas custas. Querem ver como vou me sair dessa. As pessoas me rodeiam, me empurram, me impelem para o altar. A noiva é muito branca, de pernas grossas e bem feitas. Os mamilos rosados rígidos como botões. Me sorri e afasta os joelhos, oferecida. Não é possível que não veja minhas mãos, as unhas compridas pintadas com esmalte bem vermelho. Ela quer que eu passe as unhas pela sua pele branca. Seios, coxas, umbigo. Quer que lhe coce as costas, docemente. Moça e sozinha na cidade estranha. Não se importa que eu não seja um noivo. Desde que lhe morda os seios e mantenha minha mão ativa entre as suas pernas. Os dois homossexuais se aproximam, nos olham e sorriem, cúmplices. A mulherzinha geme e geme, satisfeita. Suas pernas e seus seios vão-se transformando em outros diferentes. Rapidamente se sucedendo, pernas e seios de milhares de mulheres. Tomam as mais variadas formas e feitios. Mesmo os mais parecidos, totalmente diferentes.

    Há ruídos estranhos e estalidos pelas paredes do quarto. Ouço a respiração irregular de um gigante. O velho aparelho de ar condicionado ronca. Agarro-me à lucidez invariável do tique-taque do relógio para não mergulhar outra vez no torpor maligno. Um suor frio me umedece a testa e as mãos. Finalmente acordo, levanto-me e olho pela janela. Choveu.

Aliviada, penso na existência dos homens. Tão indispensáveis.

• • •

Venho pensando. Toda esta gente que tenho conhecido, a miséria diária com que venho convivendo, essa face da realidade que não me era familiar, ajudam-me a reconsiderar minhas opiniões, a reavaliar minhas prioridades, a pesar melhor os valores que persigo. Penso na importância que dou a tanta coisa. Analiso minhas outras realidades, múltiplas e antagônicas. Disparatadas, às vezes. As fúteis exigências. Os princípios tão pequenos. Os desgostos sem fundamento. As tolas fantasias. Tudo absurdo e mesquinho, frente à miséria e à dignidade dessas pessoas que venho conhecendo.

Dei um pacote de farinha para a velha muito velha. E uma última maçã que eu trouxera de Ibotirama. E ela me retribuiu com tapioca. Não sabia se o neto de três meses podia comer maçã. Nunca vira uma maçã antes. Mesmo esses, que têm sua casinha cuidada e florida, também não têm muito o que comer. É só tapioca, farinha. Umas poucas galinhas. Nenhum porco. Nenhum gado. O marido estava com febre. Dei-lhe aspirina. E Albamicin, que eu trazia para a sinusite. Não tinham medicamento algum. Sequer erva-doce para fazer um chá. A velha fez questão de me pagar. Foi então que tive de aceitar a tapioca. Era tudo o que tinha.

Dona Alzira fez beiju com a tapioca que a velha muito velha me deu. Gisela diz que beiju de tapioca tem gosto de Deus. Assim me pareceu.

• • •

Seu Gilson, ultimamente se mostra mais contente. Está mais contador de histórias. Já saberá que vai chegar a tempo para a feira do sábado em Juazeiro.

Subi à capota da barca, para ver onde Gisela instalou sua cama, sob as estrelas, ao ar livre. Nesta época do ano não chove. Depois deitei sobre as sacas de milho, à sombra da capota, para ler um pouco, e adormeci.

Acordei com um cafuné abrindo atalhos no meu cabelo. Fazendo que catava e catando nada. Dona Alzira me fazia carinho. Os dedos duros, de unhas arrebentadas da cozinha grosseira, tinham uma leveza arisca nos gestos. Passeavam como gatos ágeis sobre um muro. Fiquei emocionada com medo de abrir os olhos e espantar a ternura dela.

Quando conseguirão uma vida melhor, menos sacrificada? Quando mudarão suas condições subumanas de viver? Mulheres mais moças do que eu parecem velhas e acabadas. Tenho vergonha se me perguntam "ocê é dona minina ou dona muié?" São incapazes de descobrir a minha idade, o meu estado civil. Se sou casada, acham que é de pouco. Pareço mais moça do que elas. Magras, subnutridas, desdentadas, me dizem: "nada como ser moça zelada, vejam só, mais véia que eu e nem parece". Uma menina de quinze anos parece ter dez. Mas uma mulher de vinte parece ter o dobro. Por que não mudam este comportamento sedimentado há séculos? Por que não sacodem longe essa tranqüila satisfação com o que não têm? Não percebem que a vida, mesmo amável, é uma só?

• • •

Todas as vezes que venho ao Sítio fico assim. Custo muito a dormir. Medo de bichos que não vejo. Estranho a cama dura. Lembro de tantas coisas. Muitas histórias têm isso aqui. Primeiro é mamãe. Nunca veio cá, mas está em cada canto da casa. Nos móveis, na cadeira de balanço, nas panelas, nas fôrmas da cozinha. Tudo lhe pertencia e está aqui agora. Foi tudo dela e dela me lembra. É como revê-la fritando um bife nessa frigideira. Ou tirando do forno um pudim de leite condensado. Galinha assada, nos domingos. Empadão. O chazinho de erva-doce, no bule de ágata azul. Eu sei que ela teria adorado estar aqui, nesta casinha simplória, vendo as galinhas, os cavalos. E as vacas, que passam de manhã para o pasto e, à tardinha, sabiamente, de volta para o curral. Ela gostaria de chupar as mangas fiapentas, tenho certeza. E de ver crescer as primeiras pitangas. Que pena, como as goiabas, todas bichadas. Exige duplos cuidados o que é plantado nessa terra ruim.

Quando compramos o Sítio, ela estava no hospital. Completou o dinheiro que nos faltava para pagá-lo. Só o conheceu pelo que eu lhe descrevia dele. E no meio de suas dores se encantava de me ouvir contar como era. Nos olhos, por um momento distraídos do medo da morte, surgia ainda um alento. Era como se ela o visitasse comigo. Sabia e dizia que jamais o conheceria.

Depois me lembra o Miguel. Saudável, empreendedor, dinâmico, inventando o que plantar, o que produzir. Tudo escolhido, tudo do melhor, tudo do maior: os pinheiros gigantes, os dinamarqueses gigantes, a fábrica de tijolos enormes, os quiris de folha redonda do tamanho de um prato, os porcos longos, *basset*, como os cachorros salsicha. Como a odalisca de Ingres, com não sei quantas costelas a mais. O meu tipo inesquecível. A figura marcante. Convincente. Dominadora. Não admitia contradições ao que afirmava. Não lhe importava a história não ser verdadeira, desde que fosse boa. O amigo de fala ríspida e coração macio, cujo medo era mostrar fraquezas de ternuras. Nosso vizinho. A ele devo a posse do Sítio. O preço de pai para filho no pedaço de terra sua, para que pudéssemos comprá-lo. Se programava para viver cem anos. E chegou lá de um golpe, aos sessenta e cinco. Magrinho. A roupa solta à sua volta. Desmedrado. Firme apenas a cabeça sobre os ombros sumidos. O olhar olhando duro nos olhos da gente para ver se se deixa escapar a tristeza de vê-lo assim.

Lembro da alegria do começo, quando se vinha, com que prazer, caminhar pela terra seca. Tomar banho no riacho. Subir por dentro d'água até a cachoeira grande. Descobrir as flores nativas do cerrado. Iam os cachorros correndo na frente, antecedendo os passos da gente nos passeios. Nós, com medo de cobra maior, venenosa, que aí tem muita. Com medo de temporal. Mas destemidos. Gostando da pobreza e do desconforto. Como no São Francisco. Sem luz elétrica. Sem água morna para o banho manso. Melhor no riacho, enquanto dia quente. Um banho frio, mas prazeroso, sem sacrifícios nem arrepios. Energizante.

As árvores custam para crescer no cerrado. Crescem aos ímpetos. Aos arrancos. As frutas dão, mas bichadas. Moscas, baratas, marimbondos, mutucas, abelhas, formigas, uma fartura de insetos, não dão sossego à gente. Durante a seca, os carrapatos. Ficam pelas folhas dos matos, em bolsas invisíveis ao olho nu. Rompem-se a qualquer toque e os micuins se espalham pela roupa. Quando se sente é a coceira das picadas dos bichinhos crescendo, inchados com o sangue que sugaram. Nosso caseiro dizia que bem gostava daquela coceirinha, ficava "balangando" eles, pra lá pra cá, mas não tirava, não. Esfregando folha de fumo amassada eles se soltam. Arrancá-los de qualquer jeito é infecção certa. O ferrão fica dentro da pele e a picada se inflama. Outra coisa que também tem muito é cupim de asa. Armam suas casas, no meio do campo, da altura de um homem. Dentro, os emaranhados corredores são verdadeiros labirintos de vários andares. As cobras gostam de se esconder nelas. Na temporada das chuvas, quando anoitece, nuvens compactas de cupins volteiam ao redor dos lampiões, entrando pela roupa da gente, pelos olhos, pelos ouvidos, caindo nos pratos de comida, uma praga. Os bichos perdem as asas e ficam molengos espremendo-se pelas frestas e penetrando nas dobras de tudo.

Os fins de tarde são teatrais, com o acompanhamento ensurdecedor das cigarras.

O vento parece mais forte aí, leva tudo o que encontra, folhas secas, pequenas pedras, as flores da buganvília. Mesmo galhos grandes dos pés de eucaliptos plantados perto da casa são arrancados com estrondo. Mas é maior o barulho da chuva, metralhada nas telhas eternit.

O silêncio avoluma qualquer ruído, seja o ronco de um avião, ou o mugido de uma vaca. Nessa falsa quietude um sem fim de vozes se agasalha. Pios de pássaros, latidos de cães distantes, papagaios que imitam vozes humanas com suas gargantas estridentes. Mais os sapos e os grilos. Ouve-se tudo, mesmo o que está léguas ao redor.

Cortado a navalha, o perfil das árvores pelas colinas faz renda no céu, se ainda claro. Quando tudo se apaga, os olhinhos fosforescentes dos vaga-lumes se confundem com as estrelas, tantos, tantas. Os meninos gostavam de colocá-los dentro de uma garrafa, que tampavam e servia de abajur. Clareavam o quarto. Faróis oscilantes, verdes fogos de artifício.

Ao deitar-me vi um grilo enorme, de uns seis centímetros de comprimento na trave de madeira do meu quarto. Um minimonstro, com a cara triangular me espiando lá de cima. Pronto para quando eu apagasse a vela saltar em cima de mim no escuro. Pressenti isso. E aconteceu. No espesso da escuridão ouvi o pulo e posso dizer que senti o peso dele caindo sobre o lençol. Horrível. Sei que não mordem. Mas me assustam. Esperei imóvel que se mexesse primeiro. Para saber onde estava. Ouvi o seu cri-cri bem perto de mim. Ao lado do travesseiro. Acendi a vela outra vez e nos encaramos. Atirei-o ao chão com uma sapatada. Deitei-me de novo e de novo o cri-cri se fez ouvir muito perto da minha cabeça. Acendi a vela outra vez e tentei matá-lo com o sapato. Senti a resistência do corpo do inseto, robusto, sob o impacto da sola. Amassei-o, com repugnância e pena. Outra vez me decidi a dormir e, outra vez, do escuro, seu cri-cri me avisou que vivia ainda. Filme de horror. Mesmo amassado e sem uma perna, o grilo se arrastara para mais perto ainda da minha cama. Desafiava-me. Levantei-me e novamente investi contra o monstro. Vários golpes vigorosos fizeram dele uma pasta esverdeada. Acendi um fósforo e queimei-a com meticulosidade. Ao adormecer, depois de muito tempo, ouvi ainda o cri-cri imorredouro do grilo. E dos remorsos.

Por que será que se tem tanto medo do escuro, mesmo quando se sabe o que ele contém? Mesmo se no escuro não houver nada, mesmo se estiver vazio, ainda assim se tem medo. Talvez porque, como diz o Drummond, ausência não é falta. E mesmo o vazio está cheio de ameaças. De temores. O medo é mais contundente que a paixão. O medo. Trespassa o coração.

...

Domingo. Mal sabíamos dos domingos. Os dias seguiam quentes, ardidos, como no deserto. E as noites frias.

De repente (por ser domingo?) a paisagem mudou. E o clima. E a vegetação. Tudo outro, de repente. De ontem para hoje.

Chegamos à Barra, onde paramos. Eu esperava pela cidade que me haviam prometido bonita. A Barra dos Barões. Do rio, quem vem chegando na barca, o primeiro que vê é uma igreja, à beira do cais. Ela se olha na água, por cima da amurada de pedra. Muitos barcos chegam e partem. A carga e a descarga de mercadorias é feita no lombo de burricos. Sobem e descem, atarefados e doces, baixando a cabeça, atentos à ladeira de pedra. Vão supercarregados de tijolos, de rapadura, de milho, de fardos de caroá cheios de farinhas diversas, e sabe deus de que mais. Por vezes os homens, na sua maioria negros, vão montados em cima deles, ridiculamente desproporcionais. O burrico fica espremido no meio das suas pernas e os homens parecem caminhar também, com os pés roçando pelo chão. As crianças, sim, combinam bem com os jumentos. Umas, como os outros, doces, humildes, de passo miúdo e ligeiro. Ambos de olhos brilhantes e meigos.

Os casarões coloniais da Barra são resquícios dos opulentos períodos de prosperidade do seu passado de produtora de cacau e de algodão. Grandes sobrados azulejados, encimados de águias ou de peixes de pedra, contrastam com a pobreza da gente que circula nas ruas. Quatro ou cinco farmácias, outros tantos armazéns, comprovam a intensidade das atividades comerciais hoje em dia. O mercado toma todo um quarteirão. É um casarão trabalhado aos quatro ventos. Deve ter sido rico. A fachada sobre a praça perto do cais ostenta uma estátua de Mercúrio. O velho deus grego do comércio parece um pouco caduco, sem influência por aqui. Apesar de mais abundante e de melhor sortido do que os outros mercados que visitamos pelo caminho, ainda assim, pouco mais oferecia. O que aí se vendia, possível produção dos fundos dos quintais, era raquítico e pobre. Minguados montes de ralos de aipins, pimentões, abóboras, bananas, mangas, laranjas, abacates, mamões, tudo aquilo que, cultivado com facilidade, colhido sem maiores cuidados, dispensa transporte. Algum biscoito, em pacotes. Os constantes por todo o rio, rolos de corda e fumo-de-rolo. A carne, salgada e gordurenta, mais parecia toucinho. Pela primeira vez, no entanto, em toda a viagem, encontramos peixe para comprar. Recém-pescado.

O rio mudou completamente de aspecto. É outro rio. Está fundo, cheio. A água corre encorpada e volumosa, alvoroçada pelo muito vento. Ventos alísios. Surgem os barcos e, nos barcos, as velas. Parecem enormes borboletas. Os barcos de pesca têm velas-de-espicha, medindo uns quatro metros quadrados. Algumas são muito brancas. Outras coloridas, cor-de-sangue. Outras, ainda, manchadas como batiques. Desbotadas. Ou remendadas, lembrando grandes quadros construtivistas. Apesar da parecença de formato, nenhuma é escura como as dos juncos comunistas, em Hong Kong, que tanta curiosidade nos despertavam, pela cor, como pela procedência.

Sente-se na cidade debruçada no rio uma preocupação com monumentos e estátuas. Uma delas, à beira do cais, é a de uma figura feminina, sentada, olhando para o céu, perscrutando as nuvens. Conta-nos o Seu Gilson que, tempo houve, a figura olhava para baixo, na direção da água. Mas como a amurada é o lugar escolhido como ponto de encontro pelos casais de namorados, a estátua desviou o olhar para cima, para o céu. Assim não fica constrangida, nem os constrange.

Fomos pernoitar adiante. Viajamos até noite fechada. Quase às dez horas atracamos à margem direita para dormir.

No barco os homens estavam mais faladores esta noite. Animados, contando mais "causos" e histórias. Tentei gravar o que diziam. Desconfiados, se inibiram e se calaram. Guardado o gravador retomaram os assuntos. Parecem crianças. Intimidam-se com a gravação, mas ficam deslumbrados depois, ao ouvirem a própria voz. Mas gravá-los, só quando não o percebam.

...

E porque eu sou forte não me permito chorar na frente dos outros. Mesmo me dilacerando por dentro. Mesmo quando tenho vontade de me matar. Como hoje. Quando me veio essa idéia. Boba. Como se passando por um espelho, por uma vitrine, ao olhar, de repente, visse no lugar da minha, a cara do diabo. Me tentando.

Desespero é no dentro da gente. Solidão é no dentro da gente. Exílio. Mesmo com multidões em volta. No fundo, isso é estar inteiro. Isso é o eixo. A base. A solidez: a solidão. Tudo o mais, acessório. Desequilíbrio e transitoriedade.

Preciso pôr em ordem minhas agonias. Não as posso partilhar com quem não as entende. A dor, como o prazer, é indivisível.

Quero me lançar sem proteção. Alguma coisa preciso mudar. Sair da pasmaceira, da morneza. Ensaiar as coragens que me faltam. Não quero envelhecer pequena, controlada, medíocre, apagada. Preciso aprender a conviver com as tristezas sem solução. Com os que estão dentro de mim, solidão e desespero. Se eu ficar no rio, eles estarão aqui, comigo, subcutâneos, intransferíveis. Sei que irão comigo não importa para onde. Não importa para onde eu vá. Para que paragens, outras. Para que janela eu busque, diferente. Para que paisagens. Seja a de uma ilha, cheia de verdura e sombra. Seja a de barcos passando pelo rio, lançando longos chamados noturnos. Seja a de um parque, onde crianças brinquem aos gritos. A de uma rua estreita em que se visse os carros soterrados na neve descansando dias. Ou a de luzes remotas, cidade, porto, estrada, o quê, noite a dentro? E onde? Seja um pôr-de-sol em que as cores, mais que os contornos, restem no horizonte. Seja o sol da meia-noite. Ou a madrugada acordando com a passarada uma sucessão de pontes. Nela tudo poderia se encaixar, porque a janela panorâmica das possibilidades, como na memória ou no desejo, teria perdido as limitações da realidade. No São Francisco, como no rio Hudson. No Sena, como no Reno. Ter-me-ia sentado perto dela. Daquela janela. À beira de qualquer rio. Ou de qualquer abismo. Como se mais outra vez eu estivesse numa casa que se esvazia. Despida de todos os adornos, móveis, objetos, que, um a um, devidamente envoltos, calçados, protegidos, teriam ido se acomodar dentro dos caixotes. Retirados os pontos de referência, os que, durante algum tempo, denunciaram quem teria sido eu. O que teria feito. Como teria vivido. Com quem. Os carregadores os teriam levado, como em grandes esquifes, todos os componentes de uma vida que teria sido a minha. Todos os meus prévios indícios, guardados nas malas, como velhas indumentárias. Pelo longo corredor os levariam, deixando-me a certeza de que jamais seria possível recuperá-los. Mesmo os ruídos deixariam de ecoar pelas salas. As paredes nuas aumentariam os espaços. E com a despersonalização da casa eu me teria perdido, irremediavelmente. Todo o palpável teria desaparecido: o nome na porta, o número do telefone, os pequenos segredos – o trinco que não fecha, a torneira que pinga, a mancha na parede. Para assumir qualquer outra daquelas paisagens. Para ser outra pessoa, noutros arredores, noutros ambientes. À minha escolha.

• • •

Onde paramos é também uma fazenda enorme, como a Fazenda Grande. Com muito gado e muitos peões para cuidarem dele. O capataz, um homem caladão, mal falava. Mas, orgulhoso, nos mostrou sua vitrola de pilha, a máquina de costura da mulher e a bicicleta nova. Se considerava alguém bem-sucedido, com tantos símbolos de *status* conquistados.

O vento fez a noite e a madrugada insuportáveis. Um frio úmido, cortante, não deixava dormir. A água do rio parecia antever as ondas do mar. Ensaiava agitação de embocadura, sacudindo a barca-berço com irritação.

As margens também se transformaram, pareciam outras. Dunas de areia fina e clara dos dois lados. Alguma vegetação de caatinga respingava de verde a limpeza da areia. E, às vezes, ao contrário, as praias, como conchas, é que se incrustavam entre dois tufos de vegetação. No horizonte corria, uma serra, longe. Por trás das dunas, como um trem.

O vento vasculhava tudo, não concedia espaço onde abrigar-nos na barca. As coxias por onde transitávamos para ir da cabine à cozinha estavam molhadas e escorregadiças. As ondas lambiam os pés da gente quando se passava da proa à popa. Tivemos que nos adaptar às novas condições. Como se fosse outra viagem, outras águas.

Neste ponto, vimos o gaiola em que viéramos até Bom Jesus, o Benjamim Guimarães, subindo o rio. Voltando para Pirapora. Estimamos mais dois dias para chegarmos a Juazeiro, de onde ele vem agora. É o final da viagem. Se tudo correr bem.

• • •

No caminho para Remanso levamos um grande susto. De repente, passando entre uma ilha grande e a margem, a barca levou um golpe, uma violenta sacudidela que lhe abriu o casco. Provavelmente batera contra um toco submerso. A água começou a entrar em catadupas, veloz, molhando os sacos de milho, enlameando os fardos de rapadura que estavam mais no fundo.

Seu Gilson conservou a calma. Dava risadas olhando para aquela inundação, mas eu sentia que a situação não era para rir. Todos os homens e até a cozinheira correram, deixando tudo o que estavam fazendo para tirar a água, aos baldes, enquanto dois dos homens mergulhavam no rio para tentar tapar o buraco com chumaços de panos e sacos. Queriam ver que tal era o estrago, se dava para agüentar esperar, para ser reparado mais longe. Se isso tivesse acontecido em um ponto mais fundo do rio, haveria risco sério de afundarmos e perdermos tudo. Mas, por sorte, estávamos sobre mais um banco de areia. Conseguiram desviar a barca e encostá-la na rampa da coroa, onde entupiram o buraco com estopas e trapos. Alinhavo improvisado e provisório.

Rumamos para Marrecas, a cidadezinha mais próxima. E foi mais um dia de atraso. O conserto foi lento e apesar do tempo perdido para cimentar o casco furado, tudo me pareceu muito precário e malfeito. Tiveram que retirar todos os sacos de mercadorias, deixá-los secando ao sol, fora do barco, sobre a areia clara da margem. Muitos estavam empapados e a rapadura escorria manchando de melado os grossos invólucros de aniagem. O bom humor inicial abandonou o Seu Gilson, que já não achava nenhuma graça no que estava acontecendo. Depois da noite toda de trabalho, do dia ainda mais exaustivo, da lentidão de todo o processo e da precariedade do reparo do casco, não havia mesmo muito de que se rir ainda.

A resistência física desses homens é impressionante. Comem pouco e mal. Pouco dormem. Cumprem de sol a sol um trabalho exaustivo e muitas vezes ininterrupto. Os métodos que utilizam para levar a cabo qualquer tipo de atividade são primitivos. Um dispêndio e um desperdício enorme de forças, em troca de um salário de duzentos cruzeiros mensais. Talvez lhes pareça compensador o que recebem, somado à comida, mesmo que má e insuficiente. E há o atrativo das viagens.

Custo a imaginar o que vai pela cabeça deles. O rio é a largura máxima de seus horizontes. As idas e vindas rio acima e abaixo certamente não são para eles o que aquela viagem estava sendo para nós. Embora o aspecto do rio se modifique, os cenários se diversifiquem, a vida deles não muda. Estão presos à corrente da água, como cães de guarda, com a liberdade restrita de se moverem apenas ao longo do arame do rio, por onde corre a argola da barca. Não podem mudar ou alargar a sua predestinada passarela.

Seguimos viagem com o fundilho da barca remendado. Eu nela, com medo. O rio estava cada dia mais fundo, o volume d'água engrossando. Se o cimento cai, ou se o conserto malfeito racha, uma fresta seria suficiente para que o casco se enchesse de água outra vez. E rapidamente iríamos todos ao fundo. Era só o que me faltava, ser náufraga no São Francisco.

Perguntei à Dona Alzira se era comum essas coisas acontecerem. Encalhar, sim, ela disse. Mas a barca furar, era a primeira vez. Foi surpreendente ver a rapidez com que se moveu quando viu o acidente. A mulher pulou, ágil, apesar da gordura e da habitual lentidão, para o fundo do barco, enquanto nos incumbia de cortar uma galinha que compráramos para o almoço. Trabalhou firme, valente como os homens, tirando latas e latas da água que ia entrando com o mesmo vigor com que era retirada. Inimaginável tanta presteza comparada à sua lezeira de costume.

• • •

Cada vez mais densa é a minha sensação de distanciamento. Uma força centrífuga vai atirando para longe as pessoas. Fico sozinha no centro dessa força. Quero reagir. Ser nova e fresca. Produtiva e alegre. Quero ser outra. Leve. Aceitar a dor e a alegria, arquivá-las sem deixar que se tansformem na pedra fundamental da minha vida. Quero ser minha própria fornecedora de paciência, de simplicidade e de paz. Quero bastar-me. Seria essa uma fórmula de santidade?

De quase tudo o que é realmente importante não se sabe falar.

• • •

Marrecas tem uma rua só. Larga, longa, sem calçamento. Casas de pau-a-pique ou de adobe se alinham de cada lado da rua. Todas elas têm quintais separados por cercas de cactos. Estreitas passagens entre essas cercas permitem aos moradores mais distantes chegarem até à água do rio. Cultivam canteiros suspensos, com algumas verduras e temperos que o chão de areia se nega a dar. As casas parecem extremamente limpas, arrumadinhas. Toalhas nas mesas, vasos com flores, cristaleiras, prateleiras com paninhos bordados encimados por louças, copos, tudo nelas caprichadamente arrumado.

Na igreja, pintada de azul forte, fachadas de uma única parede, onde estão embutidos os sinos, arremedam duas torres.

A população estava toda na rua. As pessoas sentadas à porta das casas descansavam com o domingo.

Em 1949, uma grande cheia quase destrói a cidadezinha. Essas cheias do rio formam lagoas e lameiros. Quando o rio desce, deixa uma abundância de peixes. Se, por um lado, prejudica, por outro, compensa. Uma dessas lagoas resultantes das enchentes dá nome ao vilarejo. A das Marrecas.

Aí conseguimos uma perua Ford e fomos a Xique-Xique, em busca de filmes. O nosso estoque se acabara.

O caminho entre as duas cidades é desolador. A parte normalmente alagadiça, a que o rio cobre, estava seca então, e se apresentava rachada, escamada como pele doente. Árvores tortuosas e emaranhadas, sem folhas, emendavam a caatinga ora no alagadiço, ora no amontoado de mandacarus, xique-xiques e cactos de várias espécies. Touceiras espinhentas e cerradas, áridas e retorcidas, tornavam a paisagem triste e sofrida. Apesar disso, de vez em quando, inesperada, uma flor se exibia alegremente.

As pessoas também são enrugadas, crestadas, carcomidas. Os cachorros, como os seus donos, enfezados. E os burricos carregados de palha, ou com as bruacas penduradas bamboleando a cangalha, mais raquíticos, magros e sofredores.

Em certos lugares por onde passamos um forte cheiro denunciava as plantações de cebolas, confirmadas por caminhões delas carregados que cruzavam conosco.

No caminho um casal fez sinal para que lhe déssemos carona. A bicicleta em que vinham furara o pneu. Levamos, ele, ela e a bicicleta. Ela era preta, limpíssima. Os olhos muito rasgados sobressaíam na pele reluzente da cara. Seu vestido branco era imaculado. Na cabeça trazia uma espécie de véu de filó, com beirada de renda, atando a gaforinha. Parecia um véu de comunhão. Sentada atrás, o vento remexia na sua saia e levantava a bainha para mostrar outro bico de renda fina. Alvíssimo, sobre a pele da perna.

A renda de bilro é muito comum nesta região. As mulheres se ocupam horas frente a suas almofadas gordas, cheias de alfinetes, a entrelaçar os fios de linha que traçam o desenho da renda. Mas não é comum encontrar gente tão limpa quanto a nossa companheira de viagem. Só capricham assim nos dias de missa, ou quando vão fazer visitas. Normalmente os vestidos são velhos, remendados, de chita colorida e desbotada. Muitas vezes usam dois deles, um sobre o outro. Retiram o de cima para trabalhar e depois repõem o vestido melhor, por cima do mais velho, sujo ou rasgado, que funciona como roupa de baixo. E com este dormem.

Xique-Xique é sem graca. Bonitas mesmo são as paineiras florindo e cobrindo a praça com a neve das flores que derramam pelo chão. Procuramos comer alguma coisa. Só conseguimos sanduíches de pão dormido com ovo frito. Tampouco encontramos filmes para comprar. A decantada cerâmica de que nos haviam falado era grosseira e mal acabada. Os potes, moringas e utensílios domésticos de barro, feitos à mão, vão desaparecendo. A originalidade das formas das jarras e das gamelas, cada peça, por si mesma, valiosa, se perdeu com o uso e a preferência dada aos objetos de plástico barato. Eram quase sempre as mulheres que trabalhavam na confecção da cerâmica. Não costumavam usar torno. Giravam suas peças com as mãos. E às vezes faziam também bonecas e brinquedos para os filhos. E imagens de santos. Mas tudo isso desapareceu.

• • •

Em Marrecas, na volta, provocamos uma revolução quando compramos alguns potes de bonitas formas e com uma pátina que só o uso concede. Toda a população veio atrás de nós trazendo panelas, cuias, utensílios os mais variados, velhos e sujos para ver se os queríamos também. Foi difícil livrarmo-nos daqueles vendedores importunos. Escolhemos uma bolina e a vela de um barco, para a exposição sobre o rio. Estabeleceu-se uma grande confusão à nossa volta, pois as pessoas não conseguiam entender nossos critérios de seleção e queriam impingir a qualquer custo o que nos traziam. Se a peça tivesse interesse, não discutíamos preço. Pagávamos o que pediam por ela. Começaram então não só a se empenhar em vender-nos mais coisas, como voltavam para reclamar e pedir mais dinheiro por objetos já pagos. A raridade da ocasião açulou a ganância de lucro fácil nos habitantes de Marrecas. E ante as nossas recusas, alguns se ofendiam, irritados conosco.

O critério de avaliação dos objetos era totalmente subjetivo. Como saber quanto pagar por um pote velho, por exemplo? Muitas vezes o traste encostado, sem mais serventia, era o que a nós interessava. O capricho de uma forma rodada por mãos mais hábeis, o barro aveludado pelo tempo, o espesso colorido temperado pelo fogo criavam a despretensiosa obra de arte.

• • •

Saímos de Marrecas às seis da manhã seguinte. Às nove encalhamos e desencalhamos mais uma vez. A ventania continuava encrespando as águas. Crescia a dúvida quanto à eficiência do remendo de cimento considerando os socos da água no fundo da barca. O rio agitado e revolto desengonçava a barca, que gemia rangidos diferentes. Mas, valente, lá ia a Paulo Affonso seguindo viagem.

Em quase toda essa área é de se notar a presença muito constante de mulheres, crianças e de gente mais velha. Poucos homens são vistos nas cidadezinhas das margens. Deviam estar navegando, pescando, ou pelas cidades maiores, trabalhando. Na maioria são alourados e têm olhos claros, remetendo as origens de seu tipo físico a influências européias vindas de onde? Portugueses, holandeses?

As moças, por todo o percurso do rio, pintam a boca com tonalidades fortes de batom. A moda vai chegando aos lugares pequenos e sendo adotada sempre na sua versão mais vulgar. As calças compridas, boca de sino, alargam-se do joelho para baixo. E os sapatos de altos solados de cortiça haviam também chegado às margens franciscanas. Muito feios, pareciam sapatos ortopédicos para corrigir pernas mais curtas. Por que haveriam elas de ser diferentes? Se todas usávamos as "plataformas" nessa época. Para se sentirem atualizadas era ainda indispensável às moças vanguardeiras o diadema dos rolinhos de plástico, os *bobs* nos cabelos. Todas emolduravam os rostos com rolos cor-de-rosa, azuis, amarelos. O chique era andar com eles pela rua, fazer o *footing* na praça com a cabeça coroada de *bobs*. Eram eles a atração e não os cabelos encrespados, depois de soltos. Isso vimos na Barra, em Xique-Xique, em Ibotirama. Onde também se encontravam nas vendas, como artigos de primeira necessidade, o xampu Seda e o sabonete Phebo.

•••

As ilhas se sucedem dentro do rio. Algumas bem grandes, ora de argila, ora de areia. Algumas cobertas de mato verde. Há as permanentes, cultivadas, com plantações de milho, de feijão, de mandioca. Pelas margens aumenta a freqüência das mangueiras, das bananeiras, dos ipês floridos.

Bandos de andorinhas esvoaçam sobre nossas cabeças. Seguem o barco. Parecem papel caprichosamente recortado, que o vento leva pelos ares e faz mudar de direção uniformemente, como se obedecendo a linhas invisíveis. Os pássaros vêm e vão. Volteiam no azul e do alto embicam num vôo rasante, até quase rasparem na água. Depois se reerguem nas asas elásticas e descrevem círculos e elipses, infatigáveis nas suas acrobacias. Às vezes chegam tão perto da barca que parecem querer nos chamar, ou impelir para algum lugar. Não sabemos qual. E resistimos.

As pessoas são menos expansivas por aqui, menos extrovertidas. Não nos olham quando lhes perguntamos alguma coisa. São desconfiadas e têm um ar de reprovação antecipada nos gestos.

Compramos um leme de barco e uma gamela.

Em Pilão Arcado, andávamos pelas ruas da cidade quando um grupo de meninas da escola, de seus doze a catorze anos, passou por nós. Como sempre acontecia, os olhares se cruzaram, curiosos. Mas, pela primeira vez, fomos olhados de maneira desagradável. Para nossa surpresa. Começaram a dizer coisas entre si e a rir. Não escutávamos o que diziam, meio cochichado. Da maneira como nos apontavam e riam, éramos, obviamente, o motivo de sua galhofa. Com ar de provocação. Paramos e perguntamos se falavam conosco.

Topando o desafio. Imediatamente sua atitude mudou. Desculparam-se e, com o susto provocado pela reação dos estranhos, se chegaram a nós, fazendo perguntas sobre quem éramos e o que fazíamos por ali.

A cidade está sendo esvaziada. Sua população, assim como as de Remanso, Casa Nova e Sento Sé, tem que abandonar as casas, levar seus pertences e ir viver em outras bandas. As quatro localidades serão inundadas quando estiver pronta a represa de Sobradinho, em alguns meses mais.

Pilão Arcado agoniza em decadência desde o fim do século passado. Os velhos morrem mais cedo e os jovens fogem em busca de melhores oportunidades. Poucas ruas, poucas casas, poucos, menos de mil, habitantes. Sua igreja, bonitinha, já está abandonada. A água entrará de mansinho, pelas três portas abertas e irá lamber insidiosamente as caras dos santos pintados pelas paredes. Enquanto os afoga.

O futuro continua sendo uma grande apreensão para as pessoas que vivem aí. E nas outras cidades a serem inundadas. Muitos sonham com o mar, "onde o peixe é farto e ninguém passa fome", imaginam. Mas esse mar anunciado, em que o sertão vai se transformar, o grande mar doce de Sobradinho, trinta vezes maior que a Baía da Guanabara, terá assim tanto peixe farto?

Há os que vão ser acomodados nas novas localidades que o governo está construindo, vinte quilômetros mais longe do rio. Descrentes, pensam que durante a seca, sem a proximidade do rio, nada adiantará plantar. Há os que vão ficar vagando pela caatinga, sem destino, à espera do aluvião que não virá mais, sem as cheias do rio.

A represa começará, sim, a funcionar. O sertão virará o mar anunciado. Mas, por uma razão técnica qualquer, será preciso reabrir as comportas. E as cidades inundadas ressurgirão. Como mortos vivos. Voltarão à tona, carcomidas, desfeitas, recobertas de lama e de lixo. Fantasmagóricas. O fundo do rio secará ao sol, exalando um cheiro de podre. Cheiro de carniça, de sangue. Cheiro salgado, de maresia. Nem de rio. Nem de mar.

O rio viverá meu pesadelo.

• • •

O apartamento era grande e bonito. Invejável. Quartos amplos, arejados, mesmo com o vidro das janelas permanentemente fechado. O horizonte, para lá do rio, como os vizinhos mais próximos, ficava tão longe que deixava a claridade entrar sem cerimônia. À noite, a água brilhava sob a lua, e refletia as luzes distantes da outra margem. Ficavam ali, tão grudadas nos vidros, quase como se estivessem dentro da sala. Parte da decoração. Uma jóia aquela janela.

Ah, o privilégio de morar naquele apartamento.

Ter o rio às ordens. Participar da obstinação dos barcos vencendo a correnteza. Cargueiros. Rebocadores afanosos. Iates. Vez por outra até um navio de guerra.

Era preciso estar atenta à passagem de cada barco. À fumaça das chaminés cor-de-rosa. Ao vôo dos pombos. Ao pouso, na água, daqueles pássaros graúdos que apareciam só uma vez por ano. Estar alerta. Não para tomar providências. Deixara sem socorro a mulher caída na calçada da margem, gritando, enquanto o homem de capa de chuva lhe batia. Vira desaparecer, uma a uma, as peças do carro parado há dias, na embocadura da esquina. Esses eram acontecimentos que não lhe diziam respeito. Sua responsabilidade era a de ver. De estar desperta. Jamais a de ultrapassar a fronteira de sua janela. O seu limite.

Dentro dela, sim. O apartamento. Mantê-lo arrumado. Nada sobre os móveis, jornais, tesouras, lápis. Nenhum livro esquecido aberto. As cadeiras, estritamente em suas posições. As cúpulas dos abajures, com as costuras voltadas para trás. Os quadros verticalmente disciplinados nas paredes. Jamais restos de cigarros nos cinzeiros. A prata, sempre brilhando. Os tapetes impecáveis, sem fiapos, sem farelos, com as franjas acabadas de pentear. Zangava-se com as crianças se pisassem nelas distraídas. Indispensável a ordem. Banheiros imaculados. Sabonetes virgens. Toalhas dobradas, com as quatro pontas sobrepostas à exatidão. Nenhum frouxo de repouso nas colchas bem esticadas. Além da ordem, a identificação dos objetos, do seu valor, de suas origens. As pilhas homogêneas dos pratos, de porcelana quase transparente, dentro do armário antigo. As garrafas de cristal, com as plaquinhas de Limoges determinando escrupulosamente as bebidas: conhaque, uísque, os vários licores, Bourbon. Era um detalhe, o Bourbon. Para cada bebida, os copos adequados, de longos pés de flamingos, ou as taças, as tulipas de cristal, nas bandejas de prata. A vodca, na garrafa rodeada por grossa camada de gelo, permanentemente no congelador, era servida em dedais de cristal que se cobriam de um suor gelado ao contato com o líquido.

O sofá de quatro lugares custara a entrar no elevador de serviço. A secretária Luís XV chamava a atenção. Fora comprada em Moscou, num daqueles antiquários russos, as *komissiones*. Em cima, um tinteiro Meissen, assinado. Todos cobiçavam aquela secretária.

No interior dos armários também, peça por peça, conhecia a todas. As roupas de inverno e as de verão. Os casacos de pele. Os vestidos longos. Havia espaço para as botas, os cachecóis, as luvas. As roupas de baixo, bordadas, cheias de rendas, exalavam hálitos de lavanda. Os chapéus escuros, de feltro, e os leves, de palha, dentro de suas caixas, para não se amassarem. Os sapatos, em outras caixas, da mesma cor e do mesmo tamanho, ordenadas, superpostas. No armário do marido, a fileira de múltiplas gavetas rasas, para as camisas. Em cada gaveta um rótulo: brancas, azuis, cinzas, rosas, listadas. Esporte, recepção, ou de noite. Os penduradores para as gravatas, marcados também com as respectivas cores. As meias de fio de Escócia, cano longo. Os suéteres *cashmere*. Os travesseiros, os cobertores, as toalhas de banho, de rosto, de mesa. Cada lençol com sua fronha. A cada toalha de linho, especialmente bordada na Ilha da Madeira, com os mesmos motivos de cada uma de suas louças, o guardanapo correspondente. Cada coisa junto de seu par. Castiçais, adornos, baixelas. Tudo tinha o seu lugar. Conhecido, catalogado. Discos, livros, revistas. Os álbuns de fotografias, as caixas transparentes e uniformizadas dos diapositivos.

Ela se sentia intimamente ligada àquele apartamento. Ele a obrigara a sofisticar-se. Pagara caro o privilégio de ser nele acolhida. Privilégio e desafio. Tivera que transformar-se na mulher de hoje. Fizera ginástica. Emagrecera. Criara o hábito semanal do cabelereiro, da manicure, da massagista. Alongara as mãos com o crescimento e o trato das unhas.

Passara a usar lentes de contato. Aprendera a sorrir, a comentar ou a ouvir. A não interromper. A manter-se informada sobre os assuntos do momento para não deixar murchar a conversação. A ter sempre um repertório de temas a serem lançados nos momentos de incômodo silêncio. Havia sido um grande esforço a conquista daquela imperturbável segurança. Agora sabia organizar recepções e jantares. Chazinhos para senhoras desocupadas. Elaborava, como poemas, os menus, combinando pratos originais, apetitosos no aspecto e no paladar. Sabia escolher bons vinhos. Exigir dos empregados a total perfeição no serviço. O aprendizado, *full time job*. Vestira-se ela própria com uma vida que não sentia sua. Com uma casa que não era sua. Amoldara-se. Vencera. Provocava admiração e inveja.

Ao passar pelo corredor, no espelho grande, de moldura rebuscada, verificou se nada havia a corrigir. Os cabelos alourados, em mechas muito bem feitas, caíam-lhe um pouco sobre o lado direito do rosto, naturalidade estudada fio a fio. A maquiagem discreta dos olhos, ligeiramente sombreados, para realçar o verde amarelado das pupilas, estava fresca. A pele bem cuidada indefinia a idade. Chegou-se mais perto do espelho. Armou o sorriso. Nada a corrigir. O *chemisier* de seda pura, discreto, chique, elegante, caía impecável.

Ela gostava da casa àquela hora. Quase de penumbra. O fim de tarde tornava o ambiente ainda mais acolhedor. Antes do acender dos abajures. O equilíbrio das coisas correspondia ao seu próprio equilíbrio. Se soltasse os cordéis, sabia que nada se romperia. Nada escaparia mais à estabelecida perfeição. Estava realizada.

Pronta para abrir a porta e, mansamente, afundando os saltos dos sapatos Magli no tapete grosso do vestíbulo, com passos mudos e firmes, deixar para sempre aquela casa. A porta se fecharia. Outra mulher, num correto *chemisier* de seda pura, discreto, chique, elegante, de queda impecável, estaria acendendo os abajures.

• • •

Em Pilão Arcado havia um batelão à venda. De casco azul, um azul concentrado, gordo de muitas camadas de tinta. A cabine de madeira era viçosa, verde-brilhante, como os dentros de alface nova. Um coração aberto no meio da janela quadrada deixava o olhar bisbilhoteiro entrar. Custava barato. O barco se balançava, coqueteando, feminino. Seus reflexos se fragmentavam em cada quebra de onda. Requebros de louça partida em pedaços, que a água engolia e logo fazia de novo boiar. Atraía-me aquele barco. Queria comprá-lo. Para ficar ali, naquele balanço, naquele embalo, para cima e para baixo, para sempre no berço daquelas águas. Sem destino. Queria concentrar numa realidade mais simples e estável as minhas ambições de vida. Abdicar do mundo em que vivia. De suas pompas e suas glórias. Não ouviria mais falar de guerras, assaltos, crises econômicas, acordos nucleares, conflitos norte-sul ou leste-oeste. Acabar-se-iam discursos, mudanças, jantares, visitas oficiais. Tudo isso eu afogaria nessas águas. Uma grande paz líquida me inundaria, calando todos os medos, todas as dores, todos os amores. Viveria só, incomunicável, absolvida de todas as angústias, redimida de todas as culpas. Deixaria de ser mãe e de ser filha. De ser mulher. No longe do rio, boiando docemente, espiaria um mundo com a forma do coração aberto na janela verde-alface. O mundo aquático e pacífico do São Francisco. Do qual eu passaria a fazer parte.

O fim do caminho estava chegando. Precisava decidir-me. Se ainda naquele momento não ousasse a mudança radical, nunca mais poderia voltar atrás. Jamais se repetiria a oportunidade. Trazia frouxas as linhas que me prendiam. Depois que deixasse a Paulo Affonso ver-me-ia outra vez irreversivelmente atada. Múmia, imobilizada, envolta pelas mil faixas de linho dos faraós. Se naquele momento não me deitasse na rede do rio, ela se fecharia definitivamente. Aquela última oportunidade desapareceria, pedra caída n'água, sem deixar círculos denunciadores na superfície. Como as casas que abandonei, o rio jamais me receberia de volta.

Pensava no inesperado das surpresas nele redescobertas. A lua, no céu. O brilho do sol, na água. O verde, na terra. Em tudo, a paz. A economia do pouco, a limpeza do pobre. A serenidade dos dias que terminavam erguidos e imóveis, como um muro, com a escura transparência de abismos. Estávamos no fim do caminho. Dava-me pena pensar nisso. Já me sentia parte do rio, da barca. Não tinha mais vontade de voltar. Não queria perder-me deles. Queria ser apenas um daqueles seres anfíbios que navegavam nesse rio. Queria viver como as mães-d'água, cigana. A passear o meu barco pelas águas. Enfeitiçada.

...

A barca chegava a Juazeiro. De um lado do rio, Juazeiro, do outro Petrolina. Uma ponte liga a Bahia, aqui, a Pernambuco, lá.

Os laços que nos uniam à barca e aos seus tripulantes, nós de marinheiro, eram rijos, mas rápidos de se desfazerem na hora de largar. Era o fim da linha. Seu Gilson vai entregar a mercadoria, está preocupado com isso. Vai vender os bois, as poucas arrobas que deles restam. Quilos. Os homens se afanavam apressados. Ali era a terra deles. Onde conhecem a todos e onde todos os conhecem. Voltarão para suas casas, irão rever as famílias. De repente terráqueos, pisando firme também na terra, os marinheiros. E nós flutuando. Outra vez nos opusemos, diferentes. Até nas providências que cada um tinha que tomar. Juntamo-nos todos para uma última fotografia. Reunimos nossas tralhas, que os homens foram rapidamente amontoando no cais. Nossas bagagens iniciais, mais tudo o que o rio nos deu, colhido pelo caminho. Na hora da despedida nos abraçamos e em todos os olhos, mesmo nos olhos barbudos do Seu Gilson, transbordou um pouco do rio. Nunca mais iríamos nos ver. Sabíamos disso.

• • •

Tínhamos que entrar logo em contato com a Base Naval de Juazeiro. Avisar-lhes que chegáramos e que tínhamos carga para transportar para Brasília. Inclusive uma canoa de pesca, feita de um só tronco, longa e elegante. Acabava de chegar da pescaria quando a compramos. Seu dono, muito velho, a trazia presa a uma grande pedra redonda. Verdadeira mó, com um orifício central, por onde passava uma corrente cerrada com um cadeado. Sua âncora. Cinto de castidade da velha canoa, quando não estava navegando com ele. Foi fácil negociar sua compra. O velho pescador queria mesmo se aposentar. Os homens a encheram com os potes, as bruacas, o leme, a bolina, as roupas de couro dos vaqueiros, os utensílios de barro, as caçambas. Nossas redes. Esteiras, pilões, cabaças, candeeiros de lata, arreios. Tudo o que colhêramos pelo rio.

• • •

Quando entramos no prédio da Base Naval e dissemos nossos nomes, causamos enorme rebuliço. Finalmente nos encontravam, chegávamos. Estavam preocupadíssimos com o nosso desaparecimento. Consideravam-nos perdidos. Não nos encontrando a bordo, na chegada do vapor, como fora anunciado por telegrama de Brasília, ficaram estupefatos ao verem passar mais de dezesseis dias sem que aparecêssemos. Os telegramas enviados de Ibotirama não haviam chegado. Todas as conjecturas aventadas para explicar a falta de rastros levavam a tragédias. Nos supunham vítimas de naufrágios, seqüestros, assaltos.

Haviam mesmo requisitado ao governo da Bahia um helicóptero para percorrer trechos do rio, buscando vestígios nossos. Tanto escândalo me parecia demasiado. Um retardamento de dezesseis dias numa viagem inicialmente de uma semana, poderia indicar problemas sérios, sem dúvida. Mas tantas hipóteses dramáticas pareciam-me exagero. Felizmente não passaram de suposições e, para nós, apenas de um precioso atraso no rio.

• • •

Dormimos em Juazeiro duas noites. Tivemos tempo para ver um pouco da cidade, bastante movimentada por uma imensa feira cheia de produtos do Nordeste: comidas, frutas, redes, e uma espantosa variedade de artesanatos. Do lixo moderno, latas de azeite, latas de leite em pó, pneus velhos, vidros e garrafas usados, haviam criado os mais incríveis objetos: lampiões de querosene, bules para café, canecas, jarras, lâmpadas, caminhões de brinquedo, móveis para bonecas, carrosséis, uma infinidade de coisas surpreendentemente engenhosas.

Do outro lado da ponte visitamos o Museu de Petrolina, moderna construção em concreto aparente, onde encontramos peças selecionadas do mesmo artesanato que tanto admiráramos na feira de Juazeiro e algumas carrancas, grandes e sofisticadas, que a direção do Museu nos prometeu emprestar para a exposição.

Nos nossos vinte e dois dias no rio, as únicas carrancas com que nos deparáramos estavam abrigadas ou nas casas onde nasciam, a do David e a do Guarany, ou nesse Museu.

• • •

Flora e Maria andam atrás de mim para anunciar a morte de tio Arthur, aos noventa e quatro anos. Não estou interessada. Ele tampouco se interessou por mim, em toda a sua longa vida.

Tia Iracema levou um soco no olho. Dois homens brigavam na padaria e nesse momento ela entrou. Ficou de olho fechado uma semana. Depois, na feira, foi ameaçada por um ladrão. Queria cortar-lhe a língua, para ensinar-lhe a não ser linguaruda. Confundira-a com outra mulher que o denunciara. Ela se escondeu, correndo, apavorada, no sapateiro da esquina. Que a pôs para fora. Não queria encrencas com o ladrão.

Muitas coisas acontecem. Há pessoas a quem tudo acontece. Para outras, a vida segue monotonamente. Sem emoções. Sem novos acontecimentos. Bons ou maus.

Um soco no olho. Um ou muitos sustos. Uma carteira vazia. Um tio distante que morre. Nada disso muda nada. E, no entanto, há perdas irreparáveis. Um dia, numa vida, pode ser uma perda irreparável. Um dia. Dois. Vários. Mesmo uma hora. Um minuto. Um atraso. Um desencontro. Um desencontro pode causar uma perda irreparável. Alguém que espera alguém que não vem. Que já chegou ou já partiu. Ou que não vai chegar jamais.

• • •

Insípida é a vida. Destemperado o sonho. Corrosivos os desejos inconfessáveis. Irreparáveis ausências, tudo o que se deixou à margem, sem coragem de colher. Corrompida a imaginação. Minada a vontade. Mas a lucidez queimando inteira. Momentos há, guardados, testemunhos do que se viveu.

Hoje muito me ocupa o pensar na morte. Não se matar nem sempre deixa de ser um suicídio. É preciso morrer para se chamar atenção. Uma idéia clara que me fascina. Sem chantagens, medos, aversão: a morte. Consigo falar de morte como de amor. Igualmente isenta de emoção.

Preparo para o jantar a mesa. A toalha, os pratos, os talheres. As pratas, as velas, as flores. Há nomes nos cartões, abstratos como os convidados. Mal vêm, mal vão. Cruzamos pelas mesmas rotas, paragens que poderiam ser as nossas, em mudos acenos indecifráveis.

A memória insiste ainda, acode ao chamado. É o olho do cão moribundo. Descobre e devolve às vezes uma imagem. Uma voz. Uma paisagem. É já uma retina descolada e opaca.

Hoje o São Francisco que vi e vivi é outro. Corre num território imaginado. Como o viajante. Quem vai nunca volta o mesmo. Assim o rio. Deixei no seu fundo tudo o que naqueles dias provocou em mim. Como as cidades inundadas, parte de mim nele ficou submersa. A parte que lhe pertencia. O eu que fui apenas enquanto lá. Quase impossível lembrar, na realidade, como era o rio.

Inesquecível.

Título	O Velho Chico
Projeto Gráfico	Ricardo Campos Assis
Capa	Diana Mindlin
Foto da capa e do miolo	Cafi
Editoração Eletrônica	Ricardo Campos Assis
Revisão de Provas	Ateliê Editorial
Formato	14 x 21 cm
Número de Páginas	160
Tiragem	1 000
Laserfilm	Ateliê Editorial
Fotolito da Capa	Quadricolor
Impressão	Lis Gráfica